Der Wiewaswurm

Einschlafgeschichten für Aufgeweckte

~ Der Wiewaswurm ~

Einschlafgeschichten für Aufgeweckte

Fabelhaftes zum (Vor-) Lesen und Nachdenken …

Bibliografische Information der Deutschen Nationalbibliothek: Die Deutsche Nationalbibliothek verzeichnet diese Publikation in der Deutschen Nationalbibliografie; detaillierte bibliografische Daten sind im Internet unter dnb.dnb.de abrufbar.

© 2023 Heiko Pfister

Illustration: Ilse Weingärtner, Heiko Pfister

Herstellung und Verlag: BoD – Books on Demand, Norderstedt

ISBN 978-3-758-32815-2

Liebe (Vor-) Leserinnen und (Vor-) Leser,

Sie halten ein Buch in der Hand. Das ist schon mal gut. Denn ein Buch kann eine ähnliche Wirkung entfalten wie ein Kurzurlaub. Es lässt uns in eine andere Welt reisen, die wir durch das Verknüpfen mit eigenen Vorstellungen und Erlebnissen, mit angenehmen und von uns selbst geschaffenen Bildern ausstatten können. Ganz anders als die bunten Medien, deren übermäßiger Genuss uns die bereichernde Kunst der eigenen Gedankenreisen allzu schnell verlernen lässt. Deshalb hat der Wiewaswurm am Ende eines jeden Kapitels einen Lesetipp für die / den Vorleser(in) zum Start in eine großartige Weiterreise zum Thema hinterlassen.

Sollten Sie eine leichte (Vorlese-) Lektüre gesucht haben, können Sie das Buch, das Sie gerade aufgeschlagen haben, behalten oder wieder zurücklegen. Denn Sie selbst entscheiden, auf welche Reise sie gehen wollen. Aber ein Buch mit klugen Antworten auf 1001 Fragen ist es sicher nicht. Eigentlich enthält das Buch nicht einmal richtige Einschlafgeschichten, insofern ist sogar der Titel des Buches falsch. Statt Einschlafgeschichten sollten es nämlich Aufwachgeschichten sein. In unserem hektischen Alltag ist aber meist kein Platz mehr für Morgenlektüre, die einem den Start in den Tag versüßt. Trotzdem, besser als gar nicht, lässt es sich auch vor dem zu Bett gehen lesen. Wenn Sie also ein Buch suchen, das Sie Ihrem Kind abends vorlesen wollen, obwohl Sie es besser morgens täten und Ihr Kind mit noch mehr Fragen als Antworten zurücklässt, haben Sie in jedem Fall die richtige Wahl getroffen.

Für die einen handeln die Geschichten von alten und neuen Freunden, für andere davon, was die Wahrheit hinter Freundschaft ist. Für die einen sind die Geschichten vom Zufall gelenkt, für die anderen nicht. Für die einen ist das Buch voller Missverständnisse, für andere voller gegenseitigem Verständnis. Aus Verzweiflung wird Mut, aus Mut wird Angst. Die Wirklichkeit wird unwirklich, und was wir sehen wollen oder können, wird Wirklichkeit. Unsere ganz persönliche Wirklichkeit. Sie bestimmt unsere eigene und doch von unserem Umfeld so geprägte Vorstellung von dem, was richtig und falsch ist. Am Ende ist wahrhaftig alles vom Standpunkt des Betrachters abhängig. Oder wie der Wiewaswurm zu sagen pflegt: „Was für ein Jammer, dass wir Würmer die Welt immer nur von oben sehen können.“

Das Buch, das Sie vor sich haben, enthält eine Sammlung von Geschichten, die in weiterem Sinn an die Tradition der Fabeln anknüpfen. Die Geschichten wollen durch die Projektion einer Welt nicht–menschlicher Figuren das Verhalten des Menschen und seine Schwächen deutlich machen, ja bloßstellen. Und irgendwie machen die Geschichten dann doch auch etwas müde, denn sie sollen den / die Zuhörer(in) und Leser(in) nicht bequem und gut unterhalten zurücklassen, sondern nachdenklich – oder besser – nachdenkend. Und angestrengtes Nachdenken macht ja schließlich müde. So ist der Titel des Buches vielleicht doch nicht ganz falsch gewählt.

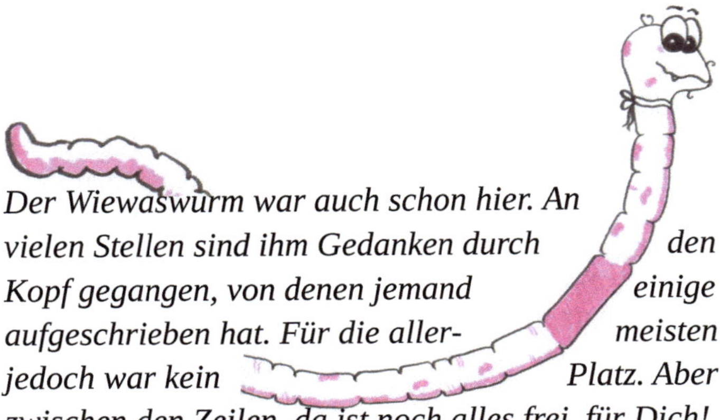

Der Wiewaswurm war auch schon hier. An vielen Stellen sind ihm Gedanken durch den Kopf gegangen, von denen jemand einige aufgeschrieben hat. Für die allermeisten jedoch war kein Platz. Aber zwischen den Zeilen, da ist noch alles frei, für Dich!

Der traurige Grashalm

Ich stand auf einer grünen Wiese und reckte mich der Sonne entgegen, so wie alle anderen hier. Wer ein wenig Sonne abbekommen will, muss höher sein als die anderen. Einen anderen Weg ans Licht gibt es nicht, denn wir stehen immer an derselben Stelle. Morgens, tagsüber, abends und nachts, immer. Genauso wie es die meisten Grashalme tun, denke ich. Wir gehen nicht gerne spazieren, was aber nicht heißt, dass wir faul sind. Wir sind einfach nicht dafür gemacht, herumzulaufen. Auch die Grashalme auf der Nachbarwiese, die direkt an meinen Lieblingsstandplatz grenzt, machen das alle so. Wenn der Wind bläst, neigen wir uns ein wenig hin und her, das ist schon ganz lustig. Aber meistens stehen wir einfach nur still. Bei diesem vielen Herumstehen wird manchen Grashalmen langweilig. Kein Wunder, denn wir sehen nicht viel von der Welt. Mal regnet es, mal stürmt es, mal scheint die Sonne. Das ist die einzige Abwechslung, die wir haben. Nicht mal eine Biene besucht uns, die fliegen nur zu den bunten Blumen, die nach Honig duften. Das kann einem schon mal die gute Laune vermiesen. Ich versuche dann immer an etwas Schönes zu denken. Aber manchmal fällt mir einfach nichts ein. Dann werde ich griesgrämig, wie die anderen Grashalme. Oder wie der Bauer, der in dem kleinen Bauernhaus wohnt, das nur

~ Warum nur ist das sein Lieblingsstandplatz? ~

einen Steinwurf von meinem Standplatz entfernt steht. Er wohnt hier allein, solange ich denken kann. Ich habe noch nie jemanden anderen im Haus gesehen. Ich glaube, oft fühlt er sich sehr einsam. Dann setzt er sich immer auf die hölzerne Bank vor dem Haus und raucht eine dicke Zigarre. Wenn er wabernde Rauchkringel in die Luft bläst, sieht er sogar fast ein bisschen zufrieden aus. Manche Grashalme sagen, er hätte früher mal eine Frau gehabt. Aber ihr war es hier wohl zu einsam geworden. Da hat sie sich einen geselligeren Bauern gesucht, und das hat den alten Bauern noch trauriger gemacht. Und es heißt: Wenn man sehr lange traurig ist, dann wird man griesgrämig. So wie der alte Bauer eben. Seltsam sind sie schon, diese Menschen. Aber manche Grashalme sind auch nicht besser. Wenn sie vom vielen Stehen griesgrämig werden, dann suchen sie sich einen dürren Halm aus und machen sich über ihn lustig. So wie über meinen Nachbarn auf der anderen Seite des Weges, der durch den Garten zum Haus führt. Auf seiner Seite scheint nicht so oft die Sonne hin, weil das Unkraut dort sehr hoch steht. Der Bauer kümmert sich schon seit langem nicht mehr um seinen Garten. Im Schatten der wild wuchernden Sträucher und Kräuter sehen die Grashalme wirklich etwas mickrig aus. Da haben die Halme von der Weide herüber gesungen:

„Oh wie seid ihr dünn wie Stroh,
auf unserer Seite sind wir froh,
die Sonne scheint uns auf die Blätter
bei euch ist dauernd schlechtes Wetter.
Das macht uns stark und grün und schön,
doch wenn wir zu euch 'rübersehn,
stehen da traurige Gestalten,
die sich nur mühsam aufrecht halten."

Als könnten die Halme auf der dunklen Seite etwas dafür, dass sie keine Sonne abbekommen. Man müsste etwas dagegen tun, dachte ich. Aber ich bin ja leider nur ein kleiner Grashalm. Selbst wenn alle meine Freunde und ich zusammenhalten würden, könnten wir dann vielleicht etwas ändern?

Eines Tages kam ein Wanderschäfer an unserem Grundstück vorbei, der eine Herde von mindestens 200 hungrigen Schafen führte. Ich hörte den Schäfer zum Bauern sagen:

„Ich komme gerne hierher. Meine Schafe lieben das Gras, das hier besonders saftig und zart ist. Die dürren Halme auf der Nachbarwiese rühren sie aber bestimmt nicht an."

„Du hast prächtige Schafe. Kannst sie ruhig auf meine Weide lassen. Die ist in letzter Zeit eh zu hoch gewachsen", erwiderte der Bauer.

Und als der Bauer zusah, wie die Schafe sich laut blökend über das grüne Gras hermachten, dachte er sich:

„Schade, von meiner Bank vor dem Haus kann ich den Schafen gar nicht zuschauen. Das Gestrüpp steht so hoch.“ Da griff der Bauer zur Sense und stutzte die hochgewachsenen Sträucher. Zufrieden setzte er sich nach getaner Arbeit auf die Bank und rauchte seine Zigarre. Diesmal sah er besonders zufrieden aus und die Kringel, die er in die Luft blies, schienen nun lustig zu tanzen.

Als die Schafe das grüne Gras so kurz gefressen hatten, dass sie nicht mehr genug fanden, zog der Schäfer mit seiner Herde weiter. Das Blöken der Schafe wurde allmählich leiser, bis es in der Ferne verstummte und sich die gewohnte Stille über den Hof legte. Der Wind strich leise durch das von den Schafen verschmähte dürre Gras und die Sonne tauchte den Hof in warmes Abendlicht.

Ich blickte über die grüne, abgefressene Wiese. Kein Laut von drüben war zu hören. Mein Blick wanderte weiter in Richtung der untergehenden Sonne. Ich würde sie zum ersten Mal überhaupt am Horizont verschwinden sehen können. Dort wo früher die hohen Sträucher ihren Schatten geworfen hatten, wurde das Gras nun von der Abendsonne gewärmt. Das goldene Licht durchdrang angenehm meine trockenen Blätter und mit einem Mal fühlte ich mich stark. Ich hatte lange genug im Schatten gestanden, doch jetzt war ich sicher, würde aus mir auch ein großer grüner Grashalm werden. So stark wie die da drüben auf der anderen Seite des Weges. Keiner wird mehr Spottlieder singen.

~ Glück macht mich relativ glücklich! ~

Und im nächsten Jahr werden die Schafe noch ein bisschen länger auf der Wiese des alten Bauern bleiben, die ja nun noch größer als früher sein wird. Dann hat auch der Bauer Gesellschaft. Vielleicht ist er dann nicht mehr so griesgrämig. Wer weiß, vielleicht wird das hier doch wieder ein glücklicher Hof. So wie früher.

~~~~~~

Noch nicht müde? Dann lies doch mal
Die Regeln des Glücks: Das Handbuch zum Leben
von Dalai Lama und Howard C. Cutler
oder weiter im nächsten Kapitel.

~~~~~~

Der kleine Bumerang

Ich lag mal wieder in irgendeiner Schublade. Meistens war es die zweite von oben, denn das war die einzige, die Lars nicht mit irgendwelchem Kram bis zum Rand vollgestopft hatte. Ich teilte die Schublade mit Bindfaden, Reißnägeln, Klebebildern, Gummibärchen, einer angebrochenen Tüte Erdnüsse, einem rostigen Taschenmesser, einer Baseballmütze und einem uralten Handy von Papa, bei dem die Batterien schon so ausgelutscht waren wie die Lollies, deren klebriges Papier manchmal an meiner bunten Bemalung hängen blieb. Im Gegensatz zu meiner Form hatte meine Bemalung keine Funktion, außer mich schön aussehen zu lassen. Tja, aber meine Form, die war schon sehr speziell. Ich war von ausnehmend krummer Gestalt, so ähnlich wie eine Banane, nur etwas dünner. Und gelb war ich auch nicht. Dafür konnte ich fliegen. Allerdings nicht sehr weit, denn kaum war ich einmal in der Luft, blieb ich oft in irgendeinem Baum hängen. Oder ich landete auf einer Wiese, aus der bei meiner meist unsanften Landung die Grashüpfer laut zirpend erschrocken davon hüpften. Trotzdem genoss ich es, durch die Luft zu segeln. Es war viel besser als in der Schublade zu liegen und zu warten, dass Lars mit mir nach draußen ging. An schönen Sommertagen, wenn Lars mich fliegen ließ, bewunderte ich immer die weißen Streifen, die die Flugzeuge hinter sich in den blauen Himmel zeichneten. Dann wünschte ich mir, ich könnte mitfliegen. Ägypten würde mir gefallen. Ich wollte schon immer mal die Pyramiden sehen. Dort in der Wüste gab es bestimmt auch nicht so viele Bäume, in deren Ästen ich hängen bleiben konnte. Ich mag Äste nicht. Die sind so kreuz und quer gewachsen. Außerdem ärgern sie mich immer, wenn ich in ihnen hängen bleibe. Ich sei so krumm und platt. Und Blätter hätte ich auch keine, sagten sie. Was aber noch viel schlimmer ist: Es läge an meiner Form, dass ich nichts von der Welt sehen könne. Denn ich sei ja ein Bumerang, und ein Bumerang kehre immer wieder an den Ort zurück, von dem er gekommen sei. Wäre ich dagegen so gerade wie die Äste, ja dann käme ich herum in der Welt. So wie sie, die von ihren vielen Reisen schon ganz kreuz und quer gewachsen waren. Sie behaupteten, dass sie sich die Blätter einmal als Sonnenschutz zugelegt hatten, weil es in der Wüste immer so heiß war. Und so beschloss ich eines Tages, meine Krümmung zu begradigen. Wenn ich jeden Tag ein bisschen trainierte und mich kräftig streckte, würde das bestimmt irgendwann klappen. Dann könnte ich bald wie die Zugvögel in den Süden ziehen und die Pyramiden sehen. Ich nutzte die langen Nächte des Winters in der Schublade, und streckte mit aller Kraft meinen krummen Rücken. Das war gar nicht so einfach mit all dem Zeug um mich herum. Aber ich war mir sicher, dass jeden Tag ein bisschen üben schon Erfolg bringen würde. Ich übte, bis mir der Rücken wehtat. Wenn Lars die Schublade öffnete, um irgendetwas zu holen, tat ich so, als ob nichts wäre. Er sollte ja nicht merken, was ich vorhatte. Einmal ließ Lars die Schublade ein kleines Stück offen stehen, sodass ich durch den schmalen Spalt durch das Fenster nach draußen sehen konnte. Die Bäume waren ganz eingeschneit. Ich konnte nicht einmal mehr ihre Blätter sehen.

Als das Frühjahr den Schnee zum Schmelzen gebracht hatte, war auch für mich wieder die Zeit für Ausflüge gekommen. Ich hatte mich in den kalten Winternächten durch tägliches Training in Form gebracht, zumindest glaubte ich das. Ich hatte ja keinen Spiegel, um feststellen zu können, ob ich nun wirklich schön gerade geworden oder krumm geblieben war. Als Lars mich beim ersten Wurf nicht wie üblich in die Äste der umstehenden Bäume befördert hatte, sondern ich nach schnurgeradem Flug direkt auf dem Gartenhäuschen landete, glaubte ich schon an den Erfolg meines harten Wintertrainings. Aber bereits beim zweiten Wurf drehte ich eine leichte Kurve, die mit jedem weiteren Wurfversuch immer enger wurde. Lars war wohl über den Winter aus der Übung gekommen. Was für eine Enttäuschung! Da hatte ich mich den ganzen Winter umsonst geschunden. Mein nächster Flug wurde schließlich durch eine unsanfte Landung auf ein paar groben Holzplanken jäh beendet. Lars hatte mich diesmal wohl besonders weit zu schleudern versucht, dabei war ich über den Gartenzaun Richtung Straße geflogen und geradewegs auf der leeren Ladefläche eines geparkten Lastwagens gelandet. Doch bevor Lars den Fahrer auf sein Missgeschick aufmerksam machen konnte, hatte dieser bereits den Motor gestartet und fuhr, begleitet von Lars' wildesten Flüchen, nichtsahnend um die nächste Ecke davon. Wir schaukelten eine ganze Weile zwischen engen Gassen, die sich allmählich zu breiten Straßen erweiterten, bis wir schließlich zwischen Wiesen und Feldern unter blauem Frühlingshimmel dahinglitten. Wohin würde der Fahrer den Lastwagen wohl steuern? Würde er etwa bis nach Ägypten fahren? Plötzlich stoppte unsere Fahrt, der Fahrer stieg aus und kam schnaufend mit einem großen Paket zurück. Er wuchtete das Paket ächzend über die Ladekante des Lastwagens und ließ es dann achtlos fallen. Rumms. Nun war es stockdunkel und drückend eng, viel enger als in der Schublade in Lars' Zimmer. Das Paket war auf meinem Rücken gelandet und hätte mich sicher plattgedrückt, wenn ich es nicht ohnehin schon wäre. Nur das sanfte Schaukeln und das Brummen des Motors erinnerten mich wenig später wieder daran, dass ich auf großer Reise war. Einige Male hielt der

Lastwagen an und weitere Pakete landeten mit lautem Gepolter auf der Ladefläche. Ach wie gerne hätte ich einen Blick nach draußen geworfen, wenigstens durch einen kleinen Spalt. Doch immer mehr Pakete auf und neben mir machten jede Hoffnung darauf zunichte.
Wir waren nun schon eine ganze Weile unterwegs. Und zwar schon so lange, dass wir sicher längst in Ägypten angekommen sein mussten. Nur sehen konnte ich leider immer noch nichts. Ich konnte nicht einmal überprüfen, ob es in der Wüste wirklich so heiß ist, wie man sagt, denn unter den Paketen war es von Anfang an drückend und stickig gewesen. Aber es konnte anders ja gar nicht sein, dachte ich. Ich hatte es also tatsächlich bis nach Ägypten geschafft, mein Traum war in Erfüllung gegangen. Hatte sich das harte Training also doch gelohnt. Auch wenn ich nicht besonders viel davon sehen konnte, so konnte ich es doch spüren: Ägypten fühlte sich einfach wunderbar an. Die Pyramiden konnte ich auch später noch ansehen, bei einer zweiten oder dritten Reise. Ich wusste ja jetzt, dass ich es schaffen konnte, jetzt wo ich gerade wie ein Ast am Baum war. Vielleicht war ja einer der Äste auch hier? Dann könnte ich ihm zuwinken, falls er mich, versteckt unter seinem Blätterdach, überhaupt sehen konnte. Der Schnee war in der Wüstenhitze ja sicher schon geschmolzen.
Wir stoppten erneut. Doch diesmal schien der Fahrer kein Paket mehr aufzuladen. Es fühlte sich dagegen so an, als würde die Last auf mir etwas leichter werden. Jedes Mal, wenn ich die Schritte des Fahrers zu hören glaubte, wurde auch die Last der Pakete geringer. Bis ich schließlich vollständig von den Paketen befreit war. Ich

lag wieder allein auf der harten Ladefläche und blickte in einen grau verhangenen Himmel. Das Grau war unterbrochen von gleichmäßig angeordneten schmalen Wolkenlücken, durch die gleißendes Licht fiel. Rechts und links türmten sich riesige braune Pyramiden, die beinahe so aussahen, als wären sie aus einzelnen Postpaketen aufgeschüttet worden. Wie prachtvoll sie doch waren, die Pyramiden! So herrlich hätte ich sie mir in meinen Träumen nicht vorstellen können. So wunderbar gleichmäßig und gerade, genauso wie der Himmel hier. Doch ehe ich mich des Anblicks weiter erfreuen konnte, wurde der Motor des Lastwagens gestartet und der Fahrer fuhr mit mir davon. Es war schnell dunkel geworden, sodass ich nicht sehen konnte, wie es sonst in Ägypten aussah. Und kalt war es auch. Aber nachts kann es eben sehr kalt werden in der Wüste.

Nach einer längeren Fahrt stoppte der Lastwagen erneut. Der Fahrer stieg aus und sah auf die Ladefläche als er mich entdeckte. Er nahm mich in die Hand und murmelte etwas, das sich anhörte wie „Lars“ und „krummes Ding“ oder „Bumerang“ oder so. Dann trug er mich zu dem Haus, in dem Lars wohnte und klingelte. Doch niemand öffnete. Da legte er mich auf die Schwelle vor der Haustüre ab.

~ Ägypten, genau so, wie ich es mir in meinen Träumen vorgestellt habe. ~

Jetzt hieß es für mich warten bis Lars oder seine Eltern zurückkehrten. Aber das konnte dauern. Vielleicht waren sie ja verreist? Vielleicht nach Ägypten zu den

Pyramiden? Ich jedenfalls freute mich darauf, wenn Lars mich in hohem Bogen wieder Richtung Bäume werfen würde. Vielleicht würde ich ja zufällig wieder in den Ästen hängen bleiben. Die würden mich sicher nicht erkennen, da ich jetzt gar nicht mehr aussah wie ein Bumerang. Dann würde ich den Ästen von meiner Reise nach Ägypten erzählen können. Und von der Pracht der Pyramiden. Und vielleicht auch von meiner nächsten Reise. Aber ich weiß ja noch nicht einmal wohin. Vielleicht könnte ich die Äste fragen, ob sie mit mir zusammen verreisen wollen?

~~~~~~

Noch nicht müde? Dann lies doch mal
Der große Gatsby
von F. Scott Fitzgerald
oder weiter im nächsten Kapitel.

~~~~~~

Ein ganz gewöhnliches Krokodil

Es lebte einmal ein Krokodil am Nil. Es war, soweit man das beurteilen kann, ein ganz gewöhnliches Krokodil. Am liebsten lag es regungslos am Wasser und beobachtete die im Sonnenlicht glitzernden Wellen, wie sie über die rundgeschliffenen Kieselsteine tanzten. Als es einst ganz entspannt alle Viere von sich gestreckt in der Sonne lag und vor sich hin döste, kitzelte es plötzlich der Hunger. Es blinzelte, reckte den Kopf und dachte nach: „Was ist schlimmer? Gekitzelt werden oder aufstehen?“ Denn ja, um den Hunger zu vertreiben, musste es sich erheben und etwas zu fressen suchen. Und die Steine dort waren ja wohl kaum genießbar. Und besonders nahrhaft sicher auch nicht. Wenn es satt werden wollte, musste es wohl sehr viele davon fressen. Bevor man aber ein Krokodil dazu bringt, Steine zu fressen, muss allerhand passieren.

Mit diesem Krokodil war allerdings schon allerhand passiert, wenigstens ein bisschen. Im Streit um einen fetten Leckerbissen hatte ihm einmal ein mächtiges, aber schon etwas älteres Krokodil in den Schwanz gebissen. Ganze sieben Tage lang hatte es solche Schmerzen, dass es sich nicht einmal mit der Schwanzspitze an der Nase kratzen konnte. Wenn es dann niesen musste, wirbelte es den ganzen Sand und kleinere Steine vom Grund des Flusses auf, wodurch es nur noch heftiger niesen musste, was wiederum die Schmerzen weiter verstärkte. Auch heute noch tat ihm die Stelle gelegentlich weh. Denn das alternde Krokodil hatte zwar noch einen sehr kräftigen Biss gehabt, aber wegen seiner einseitigen Ernährung

ziemlich schlechte Zähne. Und einer davon war beim Zuschnappen zwischen den Schwanzschuppen seines Opfers stecken geblieben. Bis heute.
Als das dösende, aber hungrige Krokodil also immer noch da lag, kam ihm eine wunderbare Idee: Es würde einfach das fressen, was die anderen nicht mochten. Ein Leben wie im Schlaraffenland. Ein Leben im Überfluss. Keine Streitereien mehr. Kein ermüdendes, stundenlanges Lauern. Keine Fußmärsche.
Der Beschluss war gefasst.
Viel Leckeres gab es am Nil allerdings nicht, außer sehr viel Sand und sehr viele Steine. Kleine und große, graue und bunte, aber auch harte und weiche. Und da der Beschluss nun mal gefasst war, fraß es nun eben Steine. Die harten Steine schluckte es in einem Stück, denn selbst für gepflegte Krokodilzähne waren sie zu hart, um sie zu zerkauen. Die weicheren hingegen knackte das Krokodil mit seinem riesigen Maul mühelos in zwei Hälften, bevor es sie verschlang. Es kam aber auch vor, dass das Krokodil Steine fand, die so schön bunt waren, dass es sie lieber beiseite legte, um sie zu betrachten. Andere hingegen zerfielen beim Zerbeißen in lauter kleine Stücke, die sich leicht zu Sand zermahlen ließen, wenn man weiter darauf herumkaute. Die schmeckten zwar nur nach Sand, aber dafür fiel das Schlucken leichter, weil keine spitzen Kanten im Hals kratzen konnten. Aber nicht nur das Schlucken von Steinen war etwas beschwerlich. Einmal im Bauch lagen die Steine dem Krokodil schwer im Magen, besonders die unzerkauten harten Brocken. Die kamen dann völlig

unversehrt am anderen Ende des Krokodils wieder zum Vorschein. Sie machten auch kaum richtig satt.
Die anderen Tiere, die das seltsame Krokodil noch nicht kannten, wunderten sich sehr. Selbst einige Vögel schüttelten fassungslos den Kopf, obwohl Vögel ja selbst Steine fressen. Einmal verwechselte das Krokodil einen harten mit einem weichen Stein und biss zu. Dieser Irrtum kostete es einen Backenzahn. Seitdem konnte das Krokodil so herrlich durch die entstandene Zahnlücke pfeifen, dass man selbst als Vogel neidisch werden konnte.
Den Tieren aus der Gegend war der Anblick eines Steine fressenden und vergnügt pfeifenden Krokodils hingegen vertraut. Sie kannten es ja nicht anders. Die Vögel hatten auch keine Angst, ihm die steinernen Reste zwischen den Zähnen aus dem offenen Maul zu picken. Denn die hatten meist genau die richtige Größe für ihre kleinen Schnäbel.
Mit der Zeit war es einsam um das Krokodil geworden, je mehr Artgenossen von seiner Vorliebe für Steine erfuhren. Fast alle Krokodile mieden es. Manche behaupteten gar, es sei gar kein richtiges Krokodil. Ein Steine fressendes Krokodil, davon hatte man ja noch nie gehört! Unter den anderen Tieren sprach sich indes herum, dass hier ein Krokodil hauste, das keinem etwas anhaben würde. Und so waren die Auen, in denen das Krokodil lebte, reichlich von anderen Tieren

~ Diese Krokodile denken immer nur an sich. Die könnten ruhig auch mal an uns denken! ~

bevölkert, nur eben Krokodile mieden die Gegend. Denn mit einem Steine fressenden Krokodil wollte keines gemeinsam gesehen werden. Man musste sich ja schämen.

So gingen die Jahre ins Land. Das Krokodil führte ein zufriedenes Leben in seinen Flussauen. Es mangelte ihm weder an Futter noch an tierischer Gesellschaft. Nur manchmal war es etwas niedergeschlagen. Meistens dann, wenn es daran denken musste, dass die anderen Krokodile nichts mit ihm zu tun haben wollten und es einfach nicht verstand, warum. Aber dann munterten die anderen Tiere es immer wieder freundlich auf, indem sich die kleineren von ihnen auf den Rücken des Krokodils setzten und sich wie auf einem Dampfer über den Nil befördern ließen. Die Größeren dagegen zogen es vor, mit ihm am Ufer faulenzend die Abendsonne zu genießen. Doch eines Tages geschah, was sich das Krokodil nie hätte träumen lassen: Als es sich abends, es war schon etwas später als sonst, auf den Weg machte, sein Abendessen zu suchen, fand es statt schöner weicher Steine nur noch harte ungenießbare. Nicht mal ausgedehnte Tauchgänge auf den Grund des Nils waren von Erfolg gekrönt. Auch reichlich Flusssand war vorhanden. Aber Sand, nein, Sand wollte das Krokodil nun wirklich nicht fressen. Schließlich war es ja ein richtiges Krokodil, das mit seinen scharfen Zähnen sogar Steine durchbeißen konnte. Aber was war geschehen? Gab es am Nil nicht Steine wie Sand am Meer? Das Krokodil überlegte angestrengt. Hatte ein Hochwasser die Steine weggespült? Hochwasser gab es schließlich häufig am Nil. Oder hatte sie etwa jemand fortgeschafft? Aber wer sollte so etwas tun? Und warum? Wem könnten die Steine denn sonst noch nützen? Es musste jemand sein, der sich nur die weichen Steine aussuchte und die harten liegen ließ. Das Krokodil lag ausgestreckt am Ufer und blinzelte in die Abendsonne. Wer könnte so etwas tun? Ein paar Flamingos suchten in einiger Entfernung am Ufer mit ihren krummen Schnäbeln nach kleinen Krebsen und Fischen im flachen Wasser. „Hatten die Vögel etwa …?“, schoss es dem Krokodil durch den Kopf. Aber auch wenn ihre Schnäbel lang und breit genug für die Steine waren, so waren ihre Hälse doch zu schmal, um die größeren weichen Steine hinunterzuschlingen. Nein, die Vögel, entschied das Krokodil, die Vögel waren es wohl doch nicht. Das Krokodil schnappte mit seinem riesigen Maul einen der übrig gebliebenen harten Steine und kaute darauf herum. Wohin verschwinden die ganzen Steine? Das Krokodil spuckte den ungenießbaren Brocken wieder aus.

„Was, wenn ich …?“ Das Krokodil schnappte nach Luft. „Aber wie sollte denn ein einzelnes Krokodil …?“

Doch je länger das Krokodil nachdachte, desto sicherer wurde es: „Oh je, da habe ich wohl mehr gefressen als der Nil anschwemmt. Deshalb gibt es nun keine genießbaren Steine mehr.“

Das Krokodil begriff sehr schnell, dass es etwas unternehmen musste. Und da Steine eben Steine sind und sich nicht vermehren wie Tiere oder Pflanzen, konnte das nur eines bedeuten: Das Krokodil musste seine geliebte Heimat, seine grünen Flussauen und seine vielen Freunde verlassen. Es musste weiterziehen und sich einen Platz

am Nil suchen, wo es noch genug Steine gab, am besten so viele wie Sand am Meer.
Am nächsten Morgen berichtete das Krokodil den anderen Tieren von seinen Überlegungen, die meist verständnisvoll reagierten und kopfnickend Zustimmung signalisierten. Mit dem Hinweis auf die nun möglicherweise einwandernden streitlustigen Krokodile verabschiedete es sich von den anderen Tieren und schwamm, ohne sich noch einmal umzudrehen, flussabwärts davon.
Das Krokodil trieb im ruhigen Nilwasser dahin, das friedlich in der Morgensonne plätscherte. Langsam glitt es an Flusspferden, Flamingos und Pelikanen am Ufer vorbei, von denen einige aufmerksam den Kopf hoben, als sie das Krokodil bemerkten. Irgendwann erinnerte das Krokodil sein Magen daran, dass es seit zwei Tagen nichts Anständiges mehr gefressen hatte. Also machte es Rast und schaute sich um, ob denn in dieser Gegend nicht eine passende Mahlzeit zu finden wäre. Und das Krokodil hatte Glück. Der Nil hatte in der Flussbiegung Unmengen von Kieselsteinen abgeladen, die er auf seiner langen Reise mitgeführt hatte. Es waren sicher auch viele essbare darunter. Doch als sich das Krokodil über die Steine hermachen wollte, stellte sich ihm ein riesiger alter Artgenosse in den Weg. Drohend riss er sein mit funkelnden Zähnen besetztes Maul auf.
„Keinen Schritt weiter!“
Das Krokodil zuckte zusammen. Seit vielen Jahren war dies das erste Krokodil, das es zu Gesicht bekam.
„Das ist mein Revier! Verschwinde, bevor ich dich meine Zähne spüren lasse!“

Ach was, dachte sich das Krokodil, ich werde einfach weiter flussabwärts schwimmen. Steine gibt es wie Sand am Meer. Und so zog sich das Krokodil zurück, schwamm einen großen Bogen um seinen Artgenossen und ließ sich weiter flussabwärts treiben.
Je weiter das Krokodil flussabwärts schwamm, desto weniger Tiere waren am Ufer zu sehen. Die Sonne schien alles Grün verbrannt zu haben, sodass sie nicht mehr genug zu fressen fanden. Auch das Wasser war nun flacher geworden und das Krokodil streifte mit seinem Schwanz beim Paddeln bereits den steinigen Grund. Reiche Kiesbänke flankierten die spärlich bewachsenen Uferzonen. Plötzlich sah sich das Krokodil erneut einem anderen Krokodil gegenüber, noch größer und noch bedrohlicher als der Artgenosse, dem es weiter flussaufwärts begegnet war. Der Riese blickte es grimmig mit funkelnden Augen und weit aufgerissenem Maul an und signalisierte ihm damit, sofort umzukehren oder zu kämpfen. Was sollte das Krokodil nur tun? Kämpfen wollte es nicht. Aber der Hunger hatte sich tief in seinen Bauch gefressen und flussaufwärts würde sich ihm das andere Krokodil wieder in den Weg stellen. Doch bevor sich das Krokodil lange überlegen konnte, was zu tun wäre, grub das andere Krokodil seine spitzen Zähne tief in seinen Schwanz. Es fühlte sich von mehr Zähnen durchbohrt, als ein Alligator im Maul haben kann. Schmerzhafte Erinnerungen an seinen früheren Kampf mischten sich mit den schrillen Nadelstichen, die erst dann etwas nachließen, als der Riese den Biss lockerte. Das Krokodil war nun schlagartig hellwach. Es rollte sich blitzschnell zur Seite, bevor der Riese erneut fester

zupacken konnte. Dann stieß es ihm mit der Schnauzenspitze in die Flanke. Der Riese zuckte zusammen und schnappte nach Luft. Da bemerkte das Krokodil eine tiefe Wunde in der Flanke des Riesen, die er sich wohl vor kurzer Zeit bei einem Kampf mit einem anderen Krokodil zugezogen haben musste. Der Stoß mit der Schnauzenspitze bereitete dem Riesen solch große Schmerzen, dass er sich unvermittelt umdrehte und eilig davonschwamm.

Doch den Sieg hatte das Krokodil teuer erkauft: In seinem Schwanz klaffte eine tiefe, schmerzende und stark blutende Wunde. Völlig erschöpft vom Kampf ließ es sich auf der nahe gelegenen Kiesbank nieder. Warum sind alle Krokodile so feindselig, überlegte das Krokodil. Es hat doch Steine genug, dass alle satt werden. Und Tiere gab es hier ja nur wenige, die ihnen die Steine streitig machen konnten.

Ich werde mit dem Riesen reden, beschloss das Krokodil. Es schwamm los, um den Riesen zu suchen. Der hatte sich um die nächste Flussbiegung geflüchtet und lag nahe am Ufer zwischen Schilf versteckt und atmete schwer. Als sich das Krokodil nähern wollte, floh der Riese aus seinem Versteck in die Flussmitte, wo er sich von der Strömung mit ein paar Schwanzschlägen weiter flussabwärts treiben ließ. Das Krokodil schaute ihm nach und hätte dem Riesen gerne seine guten Absichten mitgeteilt. Aber der Riese war schon zu weit weg. Das Krokodil blieb regungslos stehen. Es blickte noch lange in die Richtung, in die der Riese verschwunden war.

Ganz still war es geworden, nur der Gesang der Vögel und das leise Rauschen des Nils durchbrachen die Ruhe.

Und noch etwas war zu hören. Der knurrende Magen des Krokodils. Es suchte sich ein paar dunkle weiche Flusssteine und kaute lustlos auf ihnen herum. Es bekam keinen Bissen hinunter. Auch die sonst bevorzugten weichen Ufersteine wollten ihm nicht recht schmecken. Vielleicht sollte es einmal etwas anderes probieren?

„Vielleicht fressen Krokodile gar keine Steine?“

~ Vielleicht sollte ich mal einen Frosch probieren? ~

Ausgerechnet in diesem Augenblick näherte sich ein unvorsichtiger Frosch dem Krokodil. In einer reflexartigen Bewegung und ganz ohne böse Absichten verschluckte das Krokodil den Unglücklichen. Der Frosch schmeckte scheußlich. Aber was Recht ist, muss Recht bleiben. Also runter damit, dachte das Krokodil. Es schluckte. Und schluckte wieder. Und noch einmal. Der Frosch schien in seinem Magen herumzuhüpfen. Luft anhalten. Nasenlöcher zuhalten und wieder schlucken. Es half alles nichts. Dem Krokodil wurde schlecht. Dazu kamen Bauchschmerzen, die so heftig waren, dass es dachte, es müsse auf der Stelle platzen. Die Übelkeit überkam das Krokodil derart, dass es den Frosch im hohen Bogen zurück ins Wasser spie. Anschließend sprang es hinterher und schüttelte das geöffnete Maul im Wasser hin und her, um die letzten Reste des Froscharomas wegzuspülen.

Nein, einen Frosch wollte das Krokodil nie wieder probieren. Es wollte überhaupt niemals mehr ein anderes

Tier probieren. Es beschloss wieder Steine zu fressen. Nichts als Steine.
Es blickte in den blauen Himmel, an dem ein kleiner Vogelschwarm seine Kreise zog. Ja, ich werde Steine fressen und durch meine Zahnlücke pfeifen. Und es pfiff durch seine Zahnlücke. Dann schnappte es sich einen Stein, biss ihn entzwei und verschluckte ihn. Da setzte sich ein Vogel auf seine Nasenspitze und schaute das Krokodil erwartungsvoll an, wann es wohl das Maul öffnen würde, damit es sich ein paar Brocken aus den Zahnlücken picken könne.
„Die einzigen Tiere, mit denen ich gut auskomme, sind keine Krokodile“, überlegte es. „Warum ist das so?“ Es blickte dem Vogel auf seiner Nasenspitze direkt in die Augen.
„Sicher wird mir das Krokodil nichts tun. Ich habe gehört, ein Krokodil, das Steine frisst, ist unser Freund“, dachte der Vogel.
Da riss das Krokodil sein riesiges Maul auf. Der Vogel sprang rasch hinein, fand aber zwischen den Zähnen nur wenig Brauchbares. Enttäuscht flog der Vogel davon.

~~~~~~

Noch nicht müde? Dann lies doch mal
Wir sind dran
von Ernst U. von Weizsäcker und Anders Wijkman
oder weiter im nächsten Kapitel.

~~~~~~

Der Kaninchenbau

Seine Ohren waren ziemlich kurz. So kurz, dass man nicht leicht erkennen konnte, dass er ein Hase war und kein Kaninchen. Denn Kaninchen haben viel kürzere Ohren. Oder besser Löffel.

So nennen die Menschen manchmal unsere Ohren. Frechheit! Als hätten wir Hasen nichts Besseres zu tun, als unser Frühstücksbesteck auf dem Kopf herumzutragen. Und das auch noch in unserer engen Wohnung. Wenn meine Löffel nicht so biegsam wären, hätte ich schon längst von zu Hause ausziehen müssen. Immerzu würde ich mit ihnen an der Decke schleifen. Dabei wären sie mit der Zeit wohl immer kleiner, und die Wohnung immer höher geworden. So hoch, dass selbst ein Fuchs durchpassen würde. Das könnte dem Halunken so passen. Der Fuchs ist nämlich nicht unser Freund. Manchmal legt er sich auf die Lauer und wartet, bis wir nach draußen kommen. Das hat zumindest meine Tante Lore mal erzählt. Aber Tante Lore erzählt gerne Gruselgeschichten, um uns Kindern ein bisschen Angst zu machen. Ich würde ja gerne mal einen Fuchs treffen. Ich habe nämlich vor nichts Angst. Vor überhaupt fast nichts. Auch nicht vor einem Fuchs. Außerdem kann ich viel schneller laufen als ein Fuchs. Das weiß doch jedes Kind, dass wir Hasen die schnellsten Läufer sind.

Eines Abends im Spätsommer kam die Hasenfamilie erst kurz vor Sonnenuntergang zum Abendessen zusammen. Der Vater hatte sich ein wenig mit dem Igel aus der

Nachbarschaft verplaudert und brachte deshalb das Abendessen später als sonst mit nach Hause.

Ich war schon ziemlich müde. Ich muss wohl am Tisch eingeschlafen sein. Als ich wieder aufwachte, lag ich in meinem Bett. Wie ich dahin gekommen bin, weiß ich nicht mehr. Vermutlich hat Papa mich getragen. Egal. Auf jeden Fall war ich jetzt putzmunter. Ich wollte was spielen. Aber Mama und Papa haben schon geschlafen.
Ich frage mich, wie Papa eigentlich einschlafen kann bei dem Lärm, den er beim Schlafen macht. Chrrr, chrrr schnarrte es aus dem Schlafzimmer herüber.
Und Mama erst. Vermutlich macht sie in ihre Löffel nachts einen dicken Knoten. Meine kleine Schwester Anni dagegen kann ja bei jedem Lärm schlafen.
Aber spielen wollte ich nicht mit ihr, die ist ja noch viel zu klein. Chrrr, chrrr. Es klang als wollte Papa mit langsamen, gleichmäßigen Zügen die Beine des Bettgestells durchsägen, in dem Mama und er schliefen. Wenn er es durchgesägt hätte, wäre Mama vermutlich ein bisschen sauer auf ihn gewesen. Chrrr, chrrr. Irgendwie wurde ich von dem gleichmäßigen Schnarren fast wieder ein bisschen müde. Chrrr, krrr, chrrr. Aber ein Bett hat ja vier Beine… chrrr krr chrrr.
Huch, was war das? Das hörte sich doch so an, als wenn jemand Papa beim Sägen Konkurrenz machen wollte. Krrr...chrrr...ratz. Ich schreckte aus meinem Bett empor. Stocksteif saß ich da und machte keinen Mucks. Da war es wieder Krrr….ratz. Es hörte sich wie ein Kratzen und Schaben an und nicht wie das vertraute Schnarren einer Säge im Bettgestell. Oder hatte ich mich getäuscht?

Chrrr, kratz karatz chrrrr. Nein, ich war mir sicher, da war was.
„Und was, wenn es der Fuchs ist“, dachte ich ängstlich.
„Ich muss sofort Papa wecken. Aber vielleicht schimpft er dann mit mir. Ich darf ihn nicht wecken, hat er mal gesagt, selbst wenn es sich anhört, als würde ein Düsenjäger mit einem Sägewerk an Bord starten. Und wie sollte ich Mama wecken, wenn sie noch nicht mal von Papas düsendem Sägewerk aufwacht?“
Nein, ich musste das Schicksal unserer Familie selbst in die Hand nehmen. Wenn Papa es nicht schaffte, den Fuchs zu verjagen, musste ich einspringen. Ich war nun alt genug, meine Zeit war gekommen.
Leise erhob ich mich aus dem Bett und schlich auf Zehenspitzen zur Tür. Vorsichtig spähte ich um die Ecke. Der Gang, der scharf nach rechts abbog und schließlich ins Freie führte, war völlig dunkel. Ich konnte nichts erkennen außer vollkommene Schwärze. Krrr, das Geräusch war jetzt lauter als vorhin und es schien so, als ob es aus der Schwärze des Ganges gekommen wäre. Mein Herz schlug mir bis zum Hals und meine Löffel zitterten.
„Sei jetzt tapfer, Hase“, dachte ich und ging vorsichtig ein paar Schritte weiter in den finsteren Gang. Vorsichtig setzte ich eine Pfote vor die andere und versuchte, so wenig Geräusche wie möglich zu machen. Da kam mir das fliegende Sägewerk in unserem Schlafzimmer gerade recht, denn es übertönte sicherlich meine Schritte und mein pochendes Herz. Krrratz. Ich war nun an der Biegung des Ganges angekommen. Mit geschlossenen Augen streckte ich meinen Kopf langsam, ganz langsam

um die Ecke in die Richtung, in der ich den Ausgang ins Freie vermutete.
So weit hatte ich mich noch nie gewagt. Ich spürte, wie ein leichter Wind sanft durch den Gang zog und sich in den Haaren meines Fells verfing. Es roch ganz eigentümlich. Riecht so etwa der Sommer? Krrr... Vorsichtig öffnete ich meine Augen. Doch da erblickte ich das Schrecklichste, was ich je in meinem Leben gesehen hatte. Zwei glühende Kohlen tanzten vor der Öffnung unseres Baues laut fauchend und zitternd hin und her. Plötzlich schien es so, als hätten die Kohlen mich bemerkt und verlangsamten ihre Bewegungen. Schließlich stoppten sie ihren Tanz und begannen langsam in den Gang einzudringen.
Mit einem feurigen Zischen kamen sie auf mich zu. Mein Herz überschlug sich und zu meinen schlotternden Löffeln gesellten sich zitternde Knie, die ihren Dienst zu verweigern drohten und mich schließlich um die Biegung zurück in den Gang sinken ließen, wo ich starr vor Angst liegen blieb. Ich hörte mein eigenes Herz pochen und ich fürchtete, dass jeder meiner

Atemzüge dem glühenden Kohlemonster meine Position in dem dunklen Gang verraten würde. Doch nichts geschah. Nichts. Nicht einmal mehr das Kratzen war zu hören. Es war still. Ich blieb noch ein oder zwei Minuten völlig reglos liegen, bevor ich langsam die Augen zu öffnen wagte. Wieder umgab mich Dunkelheit und die Stille dröhnte in meinen Ohren. Als meine Angst ihren Würgegriff endlich gelockert hatte, erhob ich mich langsam und blickte erneut um die Biegung. Die Kohlen waren verschwunden. Auch war kein Kratzen oder irgendein anderes Geräusch zu hören. Im Schlafzimmer schien das fliegende Sägewerk wieder gelandet zu sein. Mutig beschloss ich, der Sache auf den Grund zu gehen. Was sollten ein paar glühende Kohlen auch schon ausrichten? Langsam tastete ich mich den Gang entlang Richtung Ausgang. Nach wenigen Schritten hatte ich die Öffnung erreicht und sah nach draußen. Ein leises Rascheln war zu hören und soweit ich sehen konnte, war alles in ein fahles Licht getaucht. Das musste wohl am Mond liegen, den ich nun zum ersten Mal in meinem Leben mit eigenen Augen sehen konnte. Wie schön er doch war. Rund und groß stand er am mit Sternen gesprenkelten schwarzen Nachthimmel und beleuchtete sanft die Büsche und den nahen Hügel unserer Nachbarschaft. Meine Angst war völlig verschwunden und ich hatte die glühenden Kohlen fast vergessen, als es plötzlich neben mir im Gebüsch raschelte. Da waren sie wieder, die glühenden Kohlen. Diesmal völlig ruhig standen sie eng nebeneinander zwischen den Zweigen. Fast golden leuchteten sie und hoben sich umso stärker von ihrer in Mondlicht getauchten Umgebung ab. Wie sie

so ruhig dastanden, waren sie jetzt plötzlich gar nicht mehr unheimlich. Ganz im Gegenteil. Sie wirkten fast freundlich. Und so beschloss ich herauszufinden, wem diese Kohlen wohl gehörten.
„Hallo, ich bin der Mümmelmann, und wer bist du?“, fragte ich mit nun doch etwas unsicherer Stimme.
Keine Antwort.
„Ich bin ein Hase. Bist du auch ein Hase?“
„Ich bin eine Khaße“, raunte es aus dem Gebüsch zurück, aus dem die glühenden Kohlen hervorleuchteten.
„Du bist auch ein Hase? Aber was machst du denn da draußen? Und woher hast du die Kohlen?“
Wieder keine Antwort.
„Sind die nicht heiß?“
Da sprang aus dem Gebüsch ein riesiges vierbeiniges Wesen hervor. Soweit ich es im Mondlicht erkennen konnte, hatte es viel kürzere Löffeln als ich. So konnte es doch wohl kein Hase sein, so viel war sicher.
„Du bist kein Hase! Du bist höchstens ein Kaninchen. Oder was bist du sonst?“
„Ich bin eine Khaße“, antwortete das Wesen.
„Das glaube ich nicht. Du hast keine langen Löffel.“
Es trat noch ein wenig näher und schaute mich verwundert an. Irgendwie sah es komisch aus, dieses Etwas, das von sich behauptete ein Hase zu sein.
„Für einen Hasen hast du ziemlich komische Beine. Wie willst du denn da hüpfen? Kannst du überhaupt hüpfen? Kannst du bestimmt nicht!“, machte ich ihm eine lange Nase.
Ich begann zu lachen. Und je genauer ich mir diesen falschen Hasen betrachtete, desto mehr musste ich

lachen. Ich bemerkte erst spät, dass mein Gegenüber es überhaupt nicht lustig fand, wie ich mich benahm. Erst als ihm eine Träne die Wange herunterkullerte, blieb mir mein Lachen im Halse stecken.
„Was ist los, falscher Hase? Verstehst du keinen Spaß?“
„Ich schon, aber die anderen nicht.“
„Wie meinst du das? Also ich verstehe Spaß! Wer versteht denn außer dir keinen Spaß?“
„Meine Besißer.“
„Hm? Besißer? Meinst du etwa Besitzer? Du bist doch aber kein Hund!“
„Aber eine Khaße! Und ich hatte mal Besißer!“
Da begriff ich endlich. Der falsche Hase war gar kein Hase, sondern eine Katze! Eine Katze mit Sprachfehler. Mann, ich hätte nicht gedacht, dass das hier draußen so spannend werden würde!
„Du bist eine Katze und hast deine Besitzer verloren?“
„Ich habe sie nicht verloren, sie haben mich ausgeseßt. Weil sie mich nicht mehr haben wollten“, jammerte die Katze.
„Aber warum denn? Nur weil du einen Sprachfehler hast?“
Die Katze schaute mich verständnislos an.
„Ich esse gerne Käsesalat.“
Was sollte denn das nun bedeuten? Ich schaute verständnislos zurück.
„Ich esse gerne Käsesalat und ich hasse Mäuse. Die Menschen wollen aber, dass ich Mäuse fange“, erklärte die Katze.
„Ah. Mäuse wollte ich auch keine essen. Ich mag lieber Karotten.“

„Und jetzt bin ich nußlos für die Besitzer. Seit mein Fell etwas stumpf geworden ist, tauge ich auch nicht mehr zum Streicheln."
„Warum ist denn dein Fell stumpf?", wunderte ich mich.
„Als ich noch jung war, vielleicht so jung wie du, da hatte ich noch weiches und glänßendes Fell. Vor allem die Kinder der Besitzer kraulten mich gerne unter dem Kinn und strichen mit ihren Fingern durch meine weichen Haare. Ich muss gestehen, ich fand das auch ganz angenehm. Doch irgendwann hatten sie kein Interesse mehr an mir. Ich hatte für die Besitzer keinen Nutzen mehr. Da sind sie mit mir auf ein Feld gefahren. Ich könne mir dort ein paar Salatblätter für meinen Käsesalat suchen, lachten sie. Doch als ich meine Nase in die Erde steckte, um junge Salattriebe aufzuspüren, sind sie mit Vollgas davongefahren." Wieder kullerte der Katze eine Träne über die Wange.
Da tat mir die Katze leid.
„Da geht's dir ähnlich wie uns Hasen. Die Menschen jagen uns mit ihren Gewehren und ständig müssen wir uns vor dem Fuchs verstecken. Irgendwie mag uns keiner."
Die Katze musterte mich aufmerksam. Ihre Augen leuchteten dabei wie glühende Kohlen.
„Wie machst du das mit deinen Augen? Ich hab mich vorhin deswegen ganz schön erschreckt!"
„Ich mich auch", erwiderte die Katze. „Das ist so ziemlich das Einzige an mir, das noch an eine Katze erinnert. Wir können nachts ziemlich gut sehen, dazu wird das Licht in unseren Augen reflektiert. Du hast mich

nicht gesehen, ich dich aber schon. Für einen so kleinen Hasen warst du ganz schön mutig!“

„Du aber auch“, bewunderte ich die Katze.

~ Also ich finde, ich bin ziemlich groß. Oder etwa nicht?! ~

„Ach was. Ich habe mich fürchterlich erschreckt. Ich konnte vor Schreck kaum richtig sprechen. Wer rechnet denn auch damit, dass ein Hase aus dem Bau kommt, wenn vor dem Eingang eine Katze wartet. Ich hätte genauso gut der Fuchs sein können!“

Nun verstand ich. Die Katze hatte gar keinen Sprachfehler.

„Magst du reinkommen? Es wird sicherlich kalt heute Nacht hier draußen.“

„Eine Katze in einem Kaninchenbau? Wo hat man so was schon gesehen! Da pass ich ja gar nicht rein!“, lachte die Katze.

„Was? Kaninchenbau? Ich bin ein Hase. Ein richtiger Hase. Genauso, wie du eine Katze bist.“

„Du willst ein Hase sein, Kleiner? Dass ich nicht lache!“

Ich sah die Katze eindringlich an.

„Wollen wir Salatblätter suchen?“, fragte mich die Katze nachdenklich.

„Aber der Fuchs.“

„Mit mir brauchst du keine Angst haben vor dem Fuchs.“

„Und ich weiß einen prima Platz, wo wir Salatblätter finden können“, antwortete ich.

~~~~~~

Noch nicht müde? Dann lies doch mal
Die Verwandlung
von Franz Kafka
oder weiter im nächsten Kapitel.

~~~~~~

Der Zwerg und sein Freund Joschi

Es war ein kalter Wintertag. Dicke Schneeflocken tanzten langsam zur Erde und bedeckten die Hügel mit einem weißen Tuch. So wie man es sich zur Weihnachtszeit wünscht. Die Äste der Bäume bogen sich unter der Last des Schnees so sehr, dass man befürchten musste, sie könnten jeden Moment abbrechen und ihre ganze Schneelast auf demjenigen entladen, der es wagte, sich darunter aufzuhalten. Es war schon spät und das letzte Licht des Tages warf den Schatten der Bäume wie Scherenschnitte auf den Schnee. Die Schneedecke war sicher einen halben Meter hoch, so viel hatte es schon lange nicht mehr geschneit. Zumindest nicht so früh, schon eine Woche vor Weihnachten waren die ersten Flocken gefallen. Gerade mal das Dach der Zwergenhütte ragte noch aus dem Schnee. Durch das Fenster der Speisekammer konnte man das Tageslicht höchstens noch als bläulichen Schimmer wahrnehmen, denn es war vollständig im weißen Pulverschnee versunken. Glücklicherweise hatte der Zwerg die Fensterläden der anderen Fenster rechtzeitig geschlossen, sodass nur das Fenster der Speisekammer eingeschneit war. Die Feuchtigkeit an der Scheibe innen gefror wegen des Schnees zu herrlichen Eisblumen. Ehrlich gesagt hatte der Zwerg die Fensterläden der Speisekammer wohl absichtlich nicht geschlossen. Denn jedes Mal, wenn er sich aus der Kammer ein Stück Brot mit einer Scheibe Speck holte, um es genüsslich vor dem Kaminfeuer zusammen mit einer heißen Tasse Holundertee zu verspeisen, hielt er vor dem Fenster einen Moment inne.

Dann bewunderte er die filigrane Arbeit, die der Frost an die Scheibe gezaubert hatte und vom Abendlicht durch den Schnee in ein zartes Blau getaucht wurde.
Der Zwerg liebte sein gemütliches Häuschen, das am Fuße einer alten Eiche stand und durch seinen Kamin dunklen Rauch in die kalte Abendluft blies. Eichen gab es hier zwar reichlich, schließlich war es ein Eichenwald. Nur bis zum nächsten Zwergenhaus war es sicher eine Stunde flotten Fußmarsches. Ohne Schnee. Manchmal war das schon ein bisschen sehr abgeschieden. Aber wenn sich der Zwerg einsam fühlte, schnitzte er sich aus dem reichlich vorhandenen Eichenholz einen Gartenzwerg, von denen mittlerweile wohl mehr als ein Dutzend den Eingang zu seinem Häuschen schmückten. Sie trugen rote Mützen und lange weiße Bärte. Und jeder der Zwerge sah ein bisschen aus wie ein Freund oder Verwandter. Am besten getroffen, so behauptete es jedenfalls der Zwerg, war sein Freund Joschi. Eben jener Zwerg, der eine Stunde Fußmarsch entfernt wohnte. Oft saßen sie an verschneiten Winterabenden wie heute zusammen vor dem Kamin. Dann zündete sich Joschi gern ein Pfeifchen an, das er mit einem herrlich nach Anis duftenden Kraut gestopft hatte und damit die ganze Wohnung in weihnachtliche Stimmung tauchte.
Heute war wieder mal so ein Abend, an dem der Zwerg sehr gern seinen Freund zu Besuch gehabt hätte. Aber durch den tiefen Schnee war die Anreise sehr beschwerlich, und so beschloss der Zwerg, stattdessen einen neuen Kameraden zu schnitzen. Doch kaum hatte der Zwerg begonnen, rutschte ihm das Schnitzmesser ab

und schnitt ihm schmerzhaft in den Daumen der linken Hand, mit der er das Holzstück festhielt.
„Autsch!“, rief der Zwerg.
Zwerge sind ja eigentlich nicht zimperlich, aber nach der genauen Betrachtung des Schnitts oberhalb seines Daumens beschloss der Zwerg nun, wenigstens ein bisschen zu jammern.
„Oh weh, es blutet. Ich brauche sofort einen Verband!“
Der Zwerg sprang auf, hielt seinen blutenden Daumen senkrecht in die Höhe und eilte ins Badezimmer. Er öffnete den Badezimmerschrank und suchte nach einem großen Pflaster. Da Ordnung halten nicht gerade die Stärke des Zwerges war, musste er mühsam mit einer Hand den gesamten Inhalt des Schrankes durchwühlen. Immer wieder fielen ihm Sachen aus dem Schrank auf den Boden, was er mit verärgertem Fluchen quittierte. Aber ein Pflaster oder gar ein Verband war nicht zu finden. Als schließlich ein Fläschchen seines kostbaren Holundergeists zum Einreiben auf seinem großen Zeh landete, hatte er genug.
„Ich verblute. Ich brauche Hilfe“, beschloss er. Verbluten würde er ja nun nicht gleich, aber für ein großes Pflaster war die Wunde wirklich tief genug.
„Ich werde Joschi fragen.“
In seiner Verzweiflung hatte er allerdings zunächst nicht bedacht, wie sehr es geschneit hatte und wie lange die Reise zu seinem Freund dauern würde. Aber es half ja nichts. Er hängte sich seinen dicken Winterumhang um, schlüpfte in seine Fellstiefel und stapfte los.
Es schneite immer noch. Dazu war es bitterkalt. So kalt, dass sich selbst die Sonne hinter dem Horizont

verkrochen hatte. Doch der Zwerg kannte den Weg zu seinem besten Freund wie im Schlaf. Er nahm die Fackel zur Hand, die er immer neben dem Eingang seines Hauses stehen hatte, um für alle Fälle ein Licht zu haben. Dann folgte er den Spuren im Schnee, mit denen die Tiere die Wege markierten und die ihn zu Joschis Haus leiten sollten. Doch je weiter er sich von seinem Haus entfernte, desto schwieriger waren sie zu lesen und er überlegte umzukehren. Doch sein immer noch steil in die Luft gestreckter linker Daumen erinnerte ihn daran, dass er sich nicht zum Vergnügen aufgemacht hatte.

Er war nun schon ein gutes Stück durch das winterliche Weiß gestapft, der Schneefall hatte inzwischen spürbar nachgelassen, als sein Daumen vor Kälte zu schmerzen begann. Es musste schon recht merkwürdig aussehen: in der einen Hand eine dunkle Fackel, die andere Hand steil in die Höhe gestreckt. Dabei war der blau gefrorene Daumen senkrecht nach oben gerichtet, als wolle der Zwerg sich selbst begeisterte Zustimmung dafür signalisieren, die Fackel trotz Dunkelheit noch nicht entzündet zu haben.

„Was machst du denn zu dieser Stunde hier draußen? Ist dir nicht wohl?“, hörte er eine hohe Stimme aus der Baumkrone über sich sagen. Erschrocken ließ er die linke Hand sinken und versteckte sie schnell unter seinem Winterumhang.

„Was? Wer spricht da?“

Doch bevor er eine Antwort bekam, erblickte er ein Eichhörnchen, das sich mit seinem buschigen Schwanz geschickt balancierend rasch von Ast zu Ast bewegte, und ergänzte:

„Ich bin auf dem Weg zu meinem Freund Joschi."
„Zu deinem Freund?", erwiderte das Eichhörnchen irritiert.
„Ja sicher, er wohnt nicht weit von hier."
„Es scheint dir ja nicht weit genug zu sein", grinste ihn das Eichhörnchen an. Den fragenden Blick des Zwerges bemerkend, fuhr das Eichhörnchen fort.
„Na, du gehst die ganze Zeit im Schnee spazieren, wenn du deinen Freund besuchen willst? Jedenfalls kommst du schon das zweite Mal hier vorbei."
Jetzt bemerkte auch der Zwerg die Spuren im Schnee, die nach der Erklärung des Eichhörnchens von ihm selbst stammen mussten.
„Oh je, ich glaube, ich habe mich verlaufen."
„Das habe ich mir schon gedacht." Das Eichhörnchen kicherte.
„Wenn du auf dem Hügel dort drüben nicht nach rechts, sondern nach links an der alten Holzhütte vorbeigehst, solltest du wieder auf den richtigen Weg kommen."
„Seit wann kennst du den Weg zu meinem Freund?", wollte der Zwerg wissen.
„Na hör mal, ich wohne hier. Und es ist schließlich nicht das erste Mal, dass du zu deinem Nachbarn gehst. Meistens hast du aber nicht so viele Geschenke dabei wie heute. Aber es ist ja Weihnachten. Hast du vielleicht auch eins für mich? Hast du es etwa in deiner linken Hand versteckt?"
„Ähm, Geschenke darf man nicht verraten."
Er zuckte mit den Schultern, rief dem Eichhörnchen noch ein „Vielen Dank für deine Hilfe" zu und war alsbald in der Dunkelheit verschwunden.

„Er hätte mir wenigstens ein paar Nüsse geben können“, grummelte das Eichhörnchen.
Nachdem der Zwerg die Holzhütte passiert hatte, wurde der Weg immer beschwerlicher. Konnte er bisher die zahlreichen Pfade nutzen, die die Waldbewohner in den tiefen Schnee getrampelt hatten, wurde dieser nun immer tiefer und mühsam kämpfte sich der Zwerg voran.
„Ich hätte lieber eine Schaufel mitnehmen sollen als eine Fackel“, dachte er mürrisch.
Da es wenigstens aufgehört hatte zu schneien, hätte der Zwerg jetzt seine Fackel anzünden können, tja, wenn er nur an die Zündhölzer gedacht hätte.
„Das hast du ja prima hingekriegt. Jetzt musst du dich nur noch verlaufen, dann ist Weihnachten perfekt!“, ärgerte er sich in typischer Zwergenmanier.
Und wirklich, es dauerte nicht lange, und der Zwerg kam an eine Gabelung, an der sich der noch einigermaßen begehbare Trampelpfad nach links von einer kaum erkennbaren Spur nach rechts trennte. Eigentlich wollte der Zwerg nach rechts abbiegen, denn das schien ihm der richtige Weg zu sein. Sicher war er sich aber nicht. Immerhin war der Schnee nicht mehr ganz so tief, denn der Wald war nun dichter geworden. Andererseits drang das Mondlicht, das sich inzwischen hervorgewagt hatte, nur spärlich bis auf den Boden vor. Ein Glück, dass Zwerge in der Nacht sehr gut sehen können. Ohne Mondlicht und ohne Fackel hätte der Zwerg jetzt wohl umkehren müssen. So aber konnte er weitergehen. Aber sollte er wirklich nach rechts gehen oder kam er links, vielleicht über Umwege, genauso zu seinem Ziel?

„Huhuuu!“, schallte es schauerlich durch den Wald. Und noch einmal „Huhuuu!“
Der Zwerg erstarrte. Dann blickte er vorsichtig nach oben.
„Was für ein Glück!“, seufzte der Zwerg erleichtert.
Ein riesiger Uhu flog aus einer hohen Eiche herab und landete auf einer Hasel am rechten Wegrand.
„Guten Abend Uhu. Kannst du mir sagen, ob der kürzeste Weg zu meinem Freund Joschi nach rechts führt?“
„Juhuuu. Duhuuu“, raunte der Uhu und wies mit seinem Flügel nach rechts.

~ Warum nur kann der Uhu nicht sein Freund sein? ~

„Ja, ich hatte es befürchtet, der Weg zum Ziel ist meistens der beschwerlichere. Vielen Dank, Uhu!“ Er zuckte mit den Schultern und setzte seinen Marsch fort.
Der Schnee reichte ihm jetzt bis zur Hüfte und bei jedem Schritt musste er seine kurzen Beine so hoch heben, als wolle er auf einer Treppe drei Stufen auf einmal nehmen. Der Schnee drang schon feucht durch seine Hose und lief ihm langsam in seine Stiefel. Was für eine Schinderei, und das ausgerechnet an Weihnachten!
Nach etwa einer Viertelstunde erreichte der Zwerg ein Haus, das auf einer leichten Anhöhe lag und von der einen Seite bis zum Dach eingeschneit war, von der anderen Seite aber zugänglich zu sein schien. Es war kaum wiederzuerkennen, aber es musste sich um Joschis Haus handeln. Erleichtert näherte sich der Zwerg

angestrengt schnaufend dem Haus. In diesem Augenblick öffnete sich die Haustür und es erschien eine Gestalt, die alsbald elegant durch den Vorgarten zu schweben schien. Dann blieb die Gestalt stehen und schaute mit scharfem Blick zu dem Zwerg herüber. Der Zwerg erschrak fürchterlich und versuchte, sich hinter einem der zahlreichen Schneehaufen zu verstecken, die den Weg säumten. Doch da begann die Gestalt fürchterlich zu heulen.

„Buuuu! Buhuuuu!“, schallte es mit lautem Echo zu ihm herüber.

Die Gestalt begann sich ihm zu nähern. Der Zwerg erkannte, dass die Gestalt in ein weites, weißes Gewand gehüllt war. Anstelle von Augen hatte es zwei tiefschwarze Höhlen. Mit schaurigem „Buhhuu“- Geheul kam es immer näher. Verzweifelt sprang der Zwerg auf. „Hiiiilfe! Joschiiiiii!“, schrie er. Dann beschloss er, sich ins Haus zu flüchten und das Gespenst auszusperren. Aber das Gespenst schien seine Absicht zu ahnen und schnitt ihm den Weg ab. Plötzlich aber machte es kehrt und flog wie der Blitz zum Haus und verschwand in der Tür, die mit einem lauten Knall ins Schloss fiel.

Der Zwerg stand einen Augenblick reglos im Schnee, bevor er einen klaren Gedanken fassen konnte. War er doch eigentlich wegen eines Pflasters gekommen, mit dem Joschi ihm aushelfen sollte, so war es nun offensichtlich Joschi, der seine Hilfe brauchte. Und konnte er seinen Freund Joschi im Stich lassen? Konnte er nicht! Und ohne weiter lange nachzudenken, was der Geist alles mit ihm anstellen könnte, stapfte er entschlossen Richtung Haustür. Vorsichtig drückte er die Klinke herunter und schob die Türe ganz langsam ein kleines Stück weit auf. Durch den Spalt konnte er erkennen, dass im Kamin Feuer brannte und der Duft von Karamell stieg ihm in die Nase. Er schlüpfte herein und schloss leise die Tür, um nicht bemerkt zu werden. Dann sah er sich vorsichtig um. Vor dem Kamin stand ein Sessel mit einem kleinen Tischchen, auf dem eine dampfende Pfeife in einem Schälchen lag, daneben eine Tasse mit heißem Tee. Joschi musste also vor kurzem noch hier gewesen sein.

„Vermutlich hat ihn das Gespenst erschreckt und er hat sich irgendwo versteckt“, dachte der Zwerg.

Da öffnet sich die Tür zur Küche und vor ihm stand … Joschi!

Mit offenem Mund blieb er stehen, als er den Zwerg in seiner Stube sah.
„Wie kommst du denn hierher?"
Der Zwerg brachte zunächst keinen Ton heraus. Doch dann fasste er sich und antwortete: „Ich wollte dich besuchen. Ich brauche ein großes Pflaster. Ich habe mir in den Finger geschnitten. Und plötzlich war da ein Geist."
„Ein Geist? Wo denn?"
„Na hier, in deinem Haus!"
„In meinem Haus? Das wüsste ich aber. Nein, ich wohne schon seit Jahren alleine hier."
„Aber ich habe ihn mit eigenen Augen ins Haus gehen sehen."
„Wie hat er denn ausgesehen?"
„Weiß."
„Weiß? Hm. So weiß wie Schnee? Oder so weiß wie meine neue Mütze?"
„Du hast eine neue Mütze, eine weiße Mütze?"
„Über dem Kamin hängt sie."
Da lachte der Zwerg laut auf.
„Dann warst du das vorhin? Weiße Hose und weiße Mütze und geschwebt?"
„Geschwebt vielleicht nicht, eher gerannt", lachte Joschi nun auch.
„Aber warum gehst du in den Garten, heulst wie ein Gespenst und rennst dann vor mir weg?", fragte der Zwerg verwirrt.
Joschi war sichtlich verlegen.
„Nun, ich saß so gemütlich vor meinem Kamin und hatte mir mein Pfeifchen angezündet. Da dachte ich, es wäre jetzt ganz nett, wenn ich ein wenig Gesellschaft hätte und

wollte dich besuchen. Da bin ich vor das Haus gegangen, um nachzusehen, ob es aufgehört hat zu schneien. Plötzlich sah ich ein Wesen vor dem Haus stehen. Zuerst dachte ich, du wärst es und habe „Huhu“ herüber gerufen. Aber dann hat dieses Wesen einen schrecklichen Schrei ausgestoßen. Ungefähr so: „Iiiiiii“ und dann hat es sich im Schnee zusammengekauert. Da bin ich schnell zurück ins Haus gelaufen.“

Da mussten sich beide vor lauter Lachen die Bäuche halten. Sie lachten so laut, dass man es sicher durch den ganzen Wald bis zum Haus des Zwerges hat hören können.

„Das ist das lustigste Weihnachten, das man sich vorstellen kann“, prustete der Zwerg.

„Jaha“, stimmte ihm Joschi zu. „Aufregend und lustig und gemütlich. Ich freue mich sehr, dass du gekommen bist, mein Freund.“

~~~~~~

Noch nicht müde? Dann lies doch mal
Die Stadt der Blinden
von José Saramago
oder weiter im nächsten Kapitel.

~~~~~~

Ellas Weihnachten

Etwas weiter unten sollte ich ansetzen. „Wir wollen doch dieses Jahr einen besonders prächtigen Baum haben, oder?“, wollte Papa wissen.

„Schwierig“, erwiderte ich, „die alte Tanne ist struppig und sticht mich mit ihren spitzen Nadeln.“

Ich setzte die Säge ein wenig tiefer an, bis ich mit meinem Handschuh schon den Schnee berührte.

„Noch tiefer geht nicht, Papa. Vielleicht sollten wir den daneben nehmen. Der wehrt sich bestimmt nicht so.“

„Nein, Ella, wir nehmen den hier. Ein Weihnachtsbaum ist schließlich etwas Besonderes. Es ist nicht irgendein Baum. Und wenn man sich für einen entschieden hat, kann man nicht einfach einen anderen nehmen, nur weil der ein bisschen piekst.“

Ich gebe ja zu, dass Papa oft recht hat. Aber nur dann, wenn Mama unrecht hat.

„Mama, was meinst du? Sollen wir wirklich dieses widerspenstige Borstenvieh nehmen, oder wollen wir dieses Jahr nicht einen netten Baum suchen?“

„Ella“, schaute meine Mutter ernst, „ich finde sie beide sehr schön, und spitze Nadeln haben beide. Der da hat keine Spitze, dafür ist der andere etwas krumm gewachsen. Es sieht fast so aus, als wollte er sich anlehnen.“ Mama musterte beide Bäume noch einmal, dann schaute sie mich fragend an. Mann, sie war mir wirklich keine große Hilfe. Der andere war viel schöner, aber Eltern setzen ja immer ihren Willen durch. Und bevor wir am Ende gar keinen Baum bekommen ...

Also sägte ich los. Die Säge ging schwer. Meine Hände waren kalt. Jetzt wäre ausnahmsweise mal ein Bruder ganz praktisch, der am anderen Ende der Säge zieht, wenn ich schiebe. Aber eigentlich will ich gar keinen Bruder, weil Jungs doof sind. Irgendwie erinnert mich der Baum an einen Jungen aus der Schule, der mich immer ärgert. Aber dem werd ich's zeigen. Ritsch ratsch. Die Säge glitt nun leichter durch das Holz. Ich hatte den Widerstand des widerborstigen Baums gebrochen. Mit einem leisen Knacken senkte sich der Baum auf die Seite bis er, nachdem ich die letzten Holzfasern durchtrennt hatte, zu Boden plumpste und der Schnee in alle Richtungen davon stob.
„Puh, geschafft", schnaufte ich erleichtert. Meine Eltern strahlten mich an, als hätte ich gerade ein Einser-Zeugnis nach Hause gebracht. Nach dieser schweren Arbeit hätte ich auf jeden Fall eines verdient, dachte ich.
Jetzt, wo ich den schwersten Teil der Arbeit erledigt hatte, sollten sich meine Eltern um den Rest kümmern. Rauf aufs Autodach mit dem Borstenvieh. Hoffentlich verliert es nicht alle Nadeln auf dem Weg nach Hause.
Hat es aber nicht. Und nachdem mein Vater den Baum durchs Haus auf den Balkon geschleppt hatte und ihn direkt vor dem Wohnzimmerfenster platziert hatte, sah er beinahe nett aus, der Borstenständer. Wenn der Wind wehte, berührten seine Zweige die Fensterscheibe. Gerade so als würde er anklopfen, um hereingelassen zu werden. Es war schließlich kalt draußen. Ich hatte fast Mitleid mit ihm. Andererseits, er wollte ja eigentlich draußen bleiben, hätte sich ja nicht so anstellen müssen beim Sägen. Piekst mich mit seinen doofen Borsten. Aber

es war ja bald Weihnachten. Da würden wir ihn rein holen und schön mit Kugeln und Glitzerschnüren schmücken. Und Kerzen.
„Aber so, dass er sich nicht die Nadeln verbrennen kann“, sah ich den erhobenen Zeigefinger von Papa.
„Weiß ich.“ Natürlich würde ich aufpassen, sicher.
Aber noch war es nicht so weit. Noch zwei Sonntage und dann noch eine halbe Woche bis Weihnachten. Eine Ewigkeit.
Ich lag auf dem Sofa im Wohnzimmer und zählte die Tage, die nicht enden wollten. Noch einer, zwei, drei, vier, fünf, ach viel zu viele. Jedes Mal vor Weihnachten zieht sich die Zeit wie Kaugummi. Warum kann man Weihnachten diesmal nicht ein oder zwei Wochen vorziehen? Dann muss auch unser Borstenvieh nicht so lange in der Kälte stehen. Ob einem Baum auch langweilig wird? Der steht ja sein ganzes Leben immer an der gleichen Stelle. Wie aufregend es für einen Baum wohl ist, sein erstes Weihnachten zu erleben. Ach was, so ein Baum kennt so etwas wie Freude nicht, nur Schadenfreude vielleicht, zumindest unser Borstenvieh.
Da wurde ich jäh aus meinen Gedanken gerissen. Ich hatte ein seltsames Geräusch gehört. So etwas wie ein leises Klopfen oder Kratzen, das aus der Richtung des Wohnzimmerfensters kam. Langsam erhob ich mich und schlich zum Fenster. Vorsichtig, auf Zehenspitzen stehend, lugte ich hinaus. Der Schnee hatte unseren Garten mit dickem Zuckerguss überzogen, sodass die Sträucher aussahen wie gigantische Fußbälle, die einige Riesen vor kurzem nach einem Spiel im Garten vergessen hatten. Auch unser Borstenvieh … ich schluckte … ich

traute meinen Augen nicht. Das Borstenvieh bewegte sich. Ich schaute hinunter in den Garten, alles normal, ich schaute zurück zu unserem Borstenvieh, und wieder: Das Borstenvieh bewegte sich tatsächlich. Obwohl es draußen doch völlig windstill zu sein schien. Die anderen Bäume jedenfalls standen völlig regungslos, wie immer. Aber das Borstenvieh schüttelte sich, als müsse es niesen, so heftig, dass die Nadeln zitterten. Es sah so aus, als wollte das Borstenvieh alle seine Nadeln abschütteln. Und das so kurz vor Weihnachten. Hab ich mir doch gedacht. Bösartig ist er, unser neuer Weihnachtsbaum. Er will uns das Fest verderben. Soll er nur. Mir egal. Und überhaupt, mit so einem blöden Borstenvieh kann mir Weihnachten sowieso gestohlen bleiben. Nun freute ich mich überhaupt nicht mehr auf Weihnachten, denn unter einem kahlen Borstenvieh haben sicher nur wenig Geschenke Platz.

In den folgenden Tagen ging ich meinen Eltern mit meiner schlechten Laune mächtig auf die Nerven. Aber die brauchten sich ja auch keine Sorgen zu machen. Ein Rasierwasser und ein paar Socken passen schließlich problemlos unter einen kahlen Baum, aber Spielsachen, die brauchen Platz. Bei allem Ärger hatte das Ganze immerhin auch etwas Gutes: Die Zeit verging jetzt wie im Flug.

Am Abend vor dem 24. Dezember holten wir das Borstenvieh ins Wohnzimmer. Nadeln hatte er noch. Könnten also doch ein paar Geschenke darunter Platz haben. Vielleicht. Meine Mama hatte Punsch gekocht, so wie an jedem Abend vor Weihnachten, das war immer so schön gemütlich, wenn wir den Baum geschmückt haben.

Mit bunten Glaskugeln, Holzfiguren und Filzengeln, die ich selber gebastelt hatte. Ich durfte immer auch ein paar Silberschnüre dranhängen. Wie er so schön geschmückt und glitzernd da stand, fand ich ihn fast ein bisschen schön. Doof war er trotzdem.

„Riecht mal, wie unser Baum dieses Jahr duftet.“

„Er riecht wunderbar nach Weihnachten!“, rief ich und biss mir gleich auf die Zunge. Sollte das Borstenvieh bloß nicht glauben, dass es mir gefiel! Zumindest nicht so gut wie der vom letzten Jahr.

„Ich gebe mir auch die größte Mühe.“

„Hm? Was meinst du?“, fragte ich Papa.

~ Wie schön! Die Filzengel, wie von einem Schneider gemacht! Dazu die bunten Glaskugeln und Silberschnüre, wie ein Hauptmann sieht er aus! ~

„Ich habe mit Mama gesprochen“, hörte ich Papa aus der Küche rufen.

Seltsam, es hatte sich gerade aber so angehört als ob -, gerade so als ob der Baum gesprochen hätte. Ich musterte das Borstenvieh von oben bis unten. Haha, ein Baum der spricht, und der sich bewegen kann, sowas gibt’s doch gar nicht.

„Wieso nicht?“, hörte ich jemanden sagen.

Meine Mama war aus der Küche zurück.

„Warum schmückst du nicht weiter?“

„Ähm, ich … ich … ich finde ihn so schon sehr schön. Ich finde, das ist jetzt schon der schönste Baum, den wir je hatten!“, antwortete ich.

„Ach so?“
Ich war ganz durcheinander.
Ebenso schnell wie sie gekommen war, war meine Mama auch wieder in der Küche verschwunden. Ich hatte nun fast ein bisschen Angst.
„Mama? Papa?“
Angst vor einem sprechenden Weihnachtsbaum! Vorsichtig und auf Zehenspitzen, so als würde der Baum es dann nicht merken, schlich ich mich aus dem Wohnzimmer. „Ich gehe ins Bett!“, flüsterte ich meinen Eltern noch zu.
Ich wette, die beiden waren ziemlich überrascht, denn nach dem Schmücken mit Punsch gibt es sonst immer noch Bratapfel mit Vanillesoße. Und ich liebe Bratäpfel. Aber dieses Jahr ist irgendwie alles anders.
Ich konnte die ganze Nacht kein Auge zu tun. Erstens wegen Weihnachten und zweitens … , ja zweitens also … ach was, vor Weihnachten war ich immer schon aufgeregt. Ob es den anderen Kindern wohl auch so geht?
„Schon halb elf, Ella. Was ist los, willst du Weihnachten dieses Jahr verschlafen?“, weckte mich am nächsten Morgen meine Mama.
„Unser Weihnachtsbaum wartet schon ganz ungeduldig auf dich und wackelt mit den Nadeln“, fügte Papa lachend hinzu.
„Meinst du das ernst?“, fragte ich erstaunt.
„Natürlich, schau doch. Und er ruft die ganze Zeit schon: ‚Ella, aufstehen, es ist Weihnachten!‘“ Dann er lachte er noch lauter.
Papa ist oft so. Erst macht er Witze über mich, über die sonst keiner lacht, und dann lacht er mich aus. Ich

streckte ihm die Zunge heraus und rannte zurück in mein Zimmer. Dort warf ich mich auf mein Bett.
Wetten, dass jetzt Mama gleich reinkommt und mich trösten will? Aber ich brauche keinen Trost, diesmal nicht.
Es klopfte. „Darf ich reinkommen?“
Eigentlich ist es ja schön, wenn Mama mich tröstet.
„Glaubst du, dass es lebende Weihnachtsbäume gibt?“
„Sicher“, erwiderte Mama. „Jeder Baum ist ein Lebewesen.“
„Nein, ich meine, so wie wir?“
Meine Mama verstand nicht.
„Na, können Weihnachtbäume sprechen, zumindest manche vielleicht?“
Mama schaute mich mit großen Augen an. Es dauerte eine Weile, bis sie mir antwortete.
„Natürlich können sie das. Nicht so wie wir, natürlich. Aber wenn sie sprechen, dann sehr, sehr langsam. Und ihre Sprache verstehen nur die Bäume.“
Mama nahm mich nicht ernst.
„Und jetzt zieh dich an. Oder willst du Oma und Opa deinen alten Schlafanzug zeigen?“
Wenn Oma und Opa an Weihnachten zu uns kamen, war es immer besonders gemütlich.
Bis wir aber Oma und Opa in der Kirche treffen würden, waren es noch ein paar Stunden. Aber die vergingen wie im Flug. Ich vermied bis dahin jeden Blick ins Wohnzimmer.
Gegen Abend, nach dem Gottesdienst stapften wir durch den Schnee von der Kirche nach Hause. Aus den Fenstern drang weiches Licht nach draußen und tauchte die Straße

in feierlich winterweihnachtliche Stimmung. Ach, wie war das schön! Anschließend gab es immer etwas Besonderes zu essen, auf dem Weihnachtsgeschirr mit den Elchen, und mit den schweren Kristallgläsern aus dem Wohnzimmerschrank. Wenn man alles aufgegessen hatte, sah man in der Mitte des Tellers einen goldenen Tannenzapfen. Das war dann das Zeichen, dass es nicht mehr lange bis zur Bescherung dauerte.
Und endlich war es so weit.
Ein kleines Glöckchen bimmelte leise und dann erklang die Weihnachtsfanfare. Gespannt hatten wir uns alle vor der Wohnzimmertür versammelt, die Papa nun langsam öffnete. Überall glitzerte und funkelte es. Der Raum duftete nach Lebkuchen und Räuchermännchen. In der Mitte auf dem Tisch drehte sich die Heilige Familie wie auf einem Karussell im Kreis, angetrieben durch die Wärme der Kerzen. Und daneben erstrahlte der Weihnachtsbaum im flackernden Schein des Feuers. Unter den üppig geschmückten Zweigen des Baumes lagen Geschenke, verpackt in glitzernder Folie und mit roten Schleifen verziert.
„Na, wie ist denn Weihnachten dieses Jahr? Gefällt es dir?“
„Oh ja! Und dieser Weihnachtsbaum ist diesmal besonders schön!“
„Ja, du hast mich diesmal auch besonders hübsch gemacht. Und sieh nur, die vielen Geschenke.“
Ich seufzte vor Glück.
Meine Eltern und Oma und Opa schienen mich gar nicht zu beachten. Ich hatte es mir also doch nicht eingebildet.

Dieser Baum war ein besonderer Baum, mit dem nur ich sprechen konnte.
„Ja, du bist der schönste Baum, den wir je hatten."
Der Baum schüttelte seine Nadeln, dass die Kerzen flackerten.
„Du bist sehr nett zu mir. Im Wald dachte ich erst, du magst mich nicht, aber da habe ich mich wohl getäuscht."
„Hast du wohl", sagte ich verlegen mit leiser Stimme.
Und dann haben wir Weihnachtslieder gesungen. Ich sang so laut ich nur konnte. So laut, dass ich fürchtete, die Nachbarn könnten mich hören.
Am nächsten Morgen schlich ich mich heimlich ins Wohnzimmer.
„Guten Morgen", flüsterte ich.
„Guten Morgen, Ella", antwortete der Baum.
Ich wollte schon fragen, ob er gut geschlafen hat.
„Schlafen Bäume eigentlich auch?"
„Natürlich. Aber nicht so lange wie die Menschen. Die müssen sich ja nicht so anstrengen. Bei uns Weihnachtsbäumen ist das allerdings anders. Wir müssen ja Tag und Nacht die Geschenke bewachen."
„Bei uns Weihnachtsbäumen? Heißt das, du warst schon immer ein Weihnachtsbaum?", fragte ich verwundert.
Der Baum schüttelte wieder seine Nadeln. Lachend antwortete er: „Natürlich. Was hast du denn gedacht?"
Es ärgerte mich, dass der Baum mich auslachte.
„Was fällt dir ein, mich auszulachen? Du bist nur ein gewöhnlicher Baum. WIR haben dich zum Weihnachtsbaum gemacht!"
„Liebe Ella", versuchte der Baum mich zu besänftigen. „Ich lache dich nicht aus. Einen Baum mit einem

Weihnachtsbaum zu vergleichen ist nur wirklich zu komisch. Aber ich habe schon gehört, dass manche Bäume von den Menschen als Weihnachtsbäume verkleidet werden. Die sind doch nur Dekoration, damit die Weihnachtsgeschenke nicht so einsam im Wohnzimmer stehen."

„Ach wirklich?"

„Ja", brummte der Baum. „Ich aber bin ein echter Weihnachtsbaum. Und das war ich auch schon immer. Bin ich etwa euer erster?"

„Weiß nicht", antwortete ich schnippisch und verließ das Wohnzimmer.

In den nächsten paar Tagen unterhielt ich mich noch kurz ein paar mal mit ihm. Aber er schien ein wenig sauer zu sein auf mich, weil ich ihn mit einem normalen Baum verwechselt hatte.

„Tut mir leid", sagte ich schließlich.

„Schon gut", antwortete er.

„Ich habe dich zuerst auch falsch eingeschätzt. Aber so ist das oft. Man sieht eben so aus, wie man aussieht. Auch wir Weihnachtsbäume sind nicht perfekt."

Ich nickte schuldbewusst.

Leider war irgendwann dann doch das Ende der Weihnachtszeit gekommen und der Weihnachtsbaum sollte unser Wohnzimmer verlassen. Gerade jetzt, wo ich mich wieder mit ihm versöhnt hatte.

Doch alles Jammern half nichts. Mein Papa meinte nur lachend, ein Weihnachtsbaum könne ja kein Osterbaum sein. Und bevor ich einen Plan fassen konnte, wie ich es verhindern konnte, hatten meine Eltern den Baum über Nacht aus der Wohnung geschafft.

Ich war wütend und machte meinen Eltern Vorwürfe. Verständnislos schauten sie mich an.
„Du tust ja gerade so, als sei dieser Baum etwas Besonderes. Dabei war es doch nur ein Baum!"
Erwachsene glauben immer, sie wüssten alles.
„Du hast allen Grund, dich zu freuen. Schließlich hast du dieses Jahr so viele Geschenke bekommen."
„Die Geschenke sind mir egal. Ich will unseren Weihnachtsbaum zurück!", schrie ich und knallte meine Zimmertür zu, so laut ich konnte.
Es dauerte eine ganze Weile, bis ich mit meinen Eltern wieder Frieden schließen konnte. Zwischenzeitlich schienen sie sogar Verständnis für mich zu haben. Aber irgendwie haben sie nie richtig begriffen, warum mir der Baum so wichtig war.
Auch nicht, als schon fast ein Jahr vergangen war und Weihnachten wieder vor der Tür stand.
Dieses Jahr gingen wir wieder in den Wald, um einen Baum zu schlagen. Sogar an derselben Stelle wie im Jahr zuvor. Das ließ mich hoffen, dass wir wieder einen echten Weihnachtsbaum finden würden. Aber ich wusste nicht, woran ich ihn im Wald erkennen sollte, so ganz ohne Schmuck. Da fiel mir eine etwas krumm gewachsene Tanne auf.
„Den nehmen wir!", rief ich.
„Sieht der nicht etwas komisch aus?", fragte Papa.
„Aber er ist bestimmt ein Freund von unserem Baum vom letzten Jahr."
Meine Eltern sahen sich mit einem Blick an, der mir verriet, was sie von mir dachten. Aber sie ließen mich

gewähren. Und so hatten wir dieses Jahr wieder ein Borstenvieh, ein buckliges noch dazu.
Nein, Borstenvieh wollte ich ihn nicht mehr nennen. Ich war von Anfang an nett zu ihm.
Er aber war sehr mürrisch und wollte nicht mit mir reden. Die Nadeln trug er hoch, als sei er etwas Besseres. Mit einem Mädchen würde er sich niemals abgeben.
„Hab ich mir doch gleich gedacht, dass du ein buckliges Borstenvieh bist“, fuhr ich ihn an. Er zuckte nur ganz leicht mit den Ästen.
Meine Enttäuschung war riesig. Es war das traurigste Weihnachten meines Lebens. Obwohl die Geschenke dieses Jahr besonders reichlich ausgefallen waren.

Ich erinnere mich noch heute an diese Zeit, als wäre es erst gestern gewesen. Inzwischen sind 25 Jahre vergangen und ich bin selber Mama. Gestern waren wir einen Weihnachtsbaum fällen, im Wald. Gerade so, wie es damals war, als ich den Weihnachtsbaum ausgesucht habe. Und wir waren an genau der Stelle, wo ich damals unser Borstenvieh von seinem bösen Nachbarn befreit habe. Da standen jetzt zwei junge Tannen. Gerade und schön gewachsen waren sie. Und als meine Tochter eine der beiden ausgesucht hatte, fragte ich sie:
„Woher weißt du denn, dass das ein richtiger Weihnachtsbaum ist und nicht nur eine gewöhnliche Tanne?“
Da antwortete sie:
„Du hast recht, lass uns einen Weihnachtsbaum suchen!“

~~~~~~

Noch nicht müde? Dann lies doch mal
Der Mann, der seine Frau mit einem Hut verwechselte
von Oliver Sacks
oder weiter im nächsten Kapitel.

~~~~~~

Polly wird erwachsen

Polly reckte sich und gähnte. Sie hatte lange geschlafen heute. Irgendwie fühlte sie sich trotzdem schlapp.
„Hoffentlich wird das heute nicht wieder einer dieser Tage“, dachte sie bei sich.
„Nein, heute wird ein besonderer Tag!“
Entschlossen sprang sie auf ihre Hinterbeine und streckte die Fühler aus.
Polly fühlte sich schon seit einigen Tagen nicht besonders. Doch sie hatte keine Ahnung, woher das schlechte Gefühl kam. Vielleicht hatte sie in letzter Zeit nur ein wenig zu viel gegessen. Von dem leckeren Blattlaussaft, der in übermäßigen Mengen auf den Magen schlägt. Außerdem, pflegte die erste Arbeiterin aus ihrer Nachbarschaft zu sagen, macht Blattlaussaft auf die Dauer dick. Einmal, so erzählte sie, habe eine Unterarbeiterin so viel von dem Saft getrunken, dass sie am nächsten Tag nicht mehr aufstehen konnte. Und hätte sie es gekonnt, wäre sie nicht mehr aus ihrer Schlafkammer gekommen, weil sie nicht mehr durch die enge Öffnung gepasst hätte. Drei Tage lang hätte sie nichts essen dürfen und sechs Soldaten hätte es gebraucht, die sie, jeder an einem Fuß gepackt, mit aller Kraft durch die Öffnung nach draußen hätten ziehen müssen.

~ Also ich sage das jetzt schon mal: Das Anlegen einer falschen Schablone ist die Ursache aller Fehler! ~

Das hätte sich so angehört, als würde man, plopp, den Korken aus einer Flasche ziehen, führte die erste Arbeiterin aus.
Polly hingegen hatte ausreichend Platz in ihrer Kammer. Sie konnte leicht alle Arme ausstrecken, ohne die Wände der Kammer auch nur annähernd zu berühren. Also keine Gefahr.
Polly strich sich mit den Vorderbeinen noch zwei-, dreimal über die Fühler und machte sich dann auf den Weg nach draußen. Kaum aus der Türe begegnete sie der zweiten Vorarbeiterin:
„Na, Polly, auch mal wieder auf den Beinen?“
Polly schaute verlegen zu Boden. Das fing ja gut an. Dabei sollte heute doch ein besonderer Tag werden. Mit strengem Blick hielt die zweite Vorarbeiterin einen Augenblick lang inne, bevor sie achselzuckend schnellen Schrittes ihren Weg fortsetzte.
In den Gängen waren kaum Arbeiterinnen zu sehen. Und die wenigen, die an Pollys Tür vorbeikamen, wirkten erschöpft und müde von der Arbeit des Tages auf dem Weg zu ihrem Nachtlager. Nur die Nachtwache machte sich entschlossen auf, ihre Position an den Ein- und Ausgängen des Baus zu beziehen. Die tief stehende Sonne schien bereits in die Gänge des Baus und blendete Polly, als sie aus ihrer Kammer schlüpfte. Polly wusste, dass es verboten war, nach Sonnenuntergang seine Schlafkammer zu verlassen. Das galt im Besonderen für die jungen Ameisen. Aber es war ihr egal.
„Es hassen mich sowieso alle“, dachte sie, „da macht es nicht mehr viel aus, wenn sie mich auch noch dafür hassen, dass ich etwas Verbotenes tue.“ Und so entfernte

sie sich von ihrer Kammer. Trotzdem war sie ein wenig aufgeregt. Das ist wohl immer so, wenn man etwas Verbotenes tut, außer vielleicht bei einer Räuberameise. Bei diesem Gedanken schauderte es Polly, denn es war schon vorgekommen, dass sie nachts den Bau verlassen hat. Und sollte sie außerhalb des Baus einer Räuberameise begegnen, wäre sie verloren. Ohne den Schutz der Soldaten hätte sie keine Chance. Was die wohl mit ihr machen würden? Wahrscheinlich müsste sie als Sklavin bei Wasser und ein paar trockenen Blättern den ganzen Tag für die Räuber schuften. Sie müsste sicher unendlich viele pieksende Tannennadeln heranschaffen, die sie beim Tragen am Bauch kratzten, oder riesige Ahornblätter schleppen und sie anschließend in kleine Stücke schneiden. Oder die Gänge putzen, das wäre das Schlimmste.

„Wie schön, dass es in unserem Bau immer sauber ist“, dachte Polly.

Und so beschloss Polly also, im Bau zu bleiben. Dort war sie sicher.

Polly schlich leise den Gang hinunter bis zur nächsten Querung und blieb dann stehen, um zu lauschen. Aus einigen Kammern hörte sie das Schnaufen schlafender Arbeiterinnen, aus anderen wiederum drang leises Wimmern, und aus wieder anderen lautes Soldatenschnarchen, das sie an das Dröhnen einer Motorsäge erinnerte. Einmal war sie davon aufgewacht, als in der Nähe des Baus Waldarbeiter begonnen hatten, die altersschwachen Bäume auszuholzen. Kein Auge konnte sie danach mehr zutun.

Plötzlich hörte Polly Schritte. Zunächst schien es so, als wären die Schritte weit weg. Doch sie wurden allmählich lauter. Wie viele mochten es wohl sein? Einer, zwei oder gar drei? Egal wie viele es sein mochten, es würde ihr schlecht ergehen, da war sich Polly sicher. Allmählich schienen die Schritte nicht nur immer näherzukommen, sondern auch schneller zu werden. Polly beschloss, sich in der Türnische der schräg gegenüberliegenden Kammer zu verstecken. Aber wenn jemand durch den Gang an der Kammer vorbeikäme, würde sie auf jeden Fall entdeckt werden. Trapp trapp klang es durch die Gänge. Ihr schlug das Herz bis zum Hals. Sie duckte sich so tief sie konnte. Endlich sah sie einen Soldaten, der schwer bewaffnet den Gang herunter marschiert kam. Er ging geradewegs auf Polly zu, die ganz steif wurde vor Angst. Sie wusste nicht, ob sie weglaufen oder sich lieber tot stellen sollte. Trapp trapp, jetzt war der Soldat direkt neben ihr. Er keuchte laut und fluchte:

„Wenn ich heute wieder zu spät zur Wachablösung komme, muss ich bestimmt den Boden der Wachstube schrubben …“ Und schon war er an Polly vorbei, ohne von ihr auch nur die geringste Notiz zu nehmen. Trapp, trapp trapp klang es nun immer leiser, bis der unaufmerksame Soldat in den nächsten Quergang einbog und alsbald nicht mehr zu hören war.

„Puh, das war knapp“, schnaufte Polly erleichtert.

„Ich will auch mal Wachmann werden. Die ganze Nacht aufbleiben, ein bisschen den Eingang bewachen und wenn ein Trupp Räuberameisen vorbeikommt, ja dann... Dann werde ich sie das Fürchten lehren. Und so eine schicke Uniform will ich auch haben.“

Polly entschloss sich kurzerhand, dem Wachmann zu folgen. Doch bereits am nächsten Quergang wusste sie nicht weiter. Links oder rechts? Sie entschied sich für rechts und eilte den Gang hinunter, bis sie zum nächsten Quergang gelangte. Wieder musste sie sich entscheiden, und wieder fiel ihre Wahl auf den rechten Gang. Als sie diesen hastig hinuntereilte, vernahm sie plötzlich leise Stimmen, die irgendwo aus der Nähe kommen mussten. Sie klangen nicht etwa bedrohlich. Nein, es hörte sich eher so an, als würde sich jemand unterhalten. Aber um diese Zeit! Unverschämtheit! Es war verboten, sich so spät noch außerhalb seiner Stube aufzuhalten. Neugierig schlich Polly näher, um festzustellen, wer da die Nachtruhe störte. Vorsichtig setzte sie einen Fuß nach dem anderen auf, um kein Geräusch zu machen. Dann erreichte sie das Ende des Ganges. Er führte nach draußen. Die Sonne war fast untergegangen und schickte ihre letzten Strahlen durch die Zweige der Bäume. Vor dem Ausgang standen zwei Wächter, die sich mit gedämpfter Stimme unterhielten. Polly lauschte angestrengt.

„Neulich hat mir die erste Vorarbeiterin gedroht. Als ob eine Vorarbeiterin mir etwas zu sagen hätte!“, meinte der Linke. Der Zuhörer auf der rechten Seite schien der Soldat zu sein, dem Polly im Gang begegnet war. „Lächerlich ist das. Wie soll denn das noch weitergehen, wenn jetzt sogar eine Vorarbeiterin meint, einem Soldaten sagen zu können, was er zu tun und zu lassen hat. Die Polizei tut ihren Dienst und die Vorarbeiterin soll ihren Dienst tun, wie sich das für Ameisen gehört!“

Der andere pflichtete ihm bei: „Jawohl. Aber heute hält sich ja keiner mehr an Regeln. Jeder tut, was er will. Wenn er überhaupt etwas tut. So wie diese kleine faule Prinzessin aus dem Nachbarblock, von der die erste Vorarbeiterin mir erzählt hat. Die pennt den ganzen Tag nur. Und nachts schleicht sie sich durch die Gänge und klaut anderen Leuten ihr Frühstück. Unmöglich. Wenn ich die erwische ...“
Polly stockte der Atem.
„Aber soll sie nur. Bald ist sie so fett wie die Ameise mit dem Plopp!“, sagte der eine, worauf beide lauthals zu lachen anfingen.
Polly bekam weiche Knie.
„Sollen die Soldaten nur recht kräftig an ihren Beinen ziehen, dann reißt vielleicht eins ab. Sie braucht sie ja sowieso nicht, so viel wie die pennt.“ Und wieder erklang höhnisches Gelächter.
Polly standen Tränen in den Augen. Langsam schlich sie zurück in den Gang, um nicht noch weitere Gemeinheiten mit anhören zu müssen. Als sie außer Hörweite war, setzte sie sich verdrossen nieder.
„Keiner im Bau kann mich leiden“, dachte sie.
Niemand wollte sie verstehen, nicht einmal die Vorarbeiterinnen. Deswegen, genau deswegen zog sie einsam durch die Gänge, in den Nachtstunden. Wegen der Gemeinheiten der anderen hatte sie sich zurückgezogen; weil sie nicht dazugehören wollte. Und nur weil sie ein bisschen dicker war als die anderen, wurde sie ausgelacht. Dabei ist es doch egal, ob noch Platz ist, wenn man durch die Tür geht. Und überhaupt: Wer entscheidet eigentlich, wer dick ist und wer nicht?

„Die sogenannten Wachen da draußen, diese halbverhungerten Zinnsoldaten! Wie sehen die wohl aus, wenn sie einer ausgewachsenen Räuberameise gegenüberstehen? Wie sollen die unseren Bau bewachen? Pah!“

Polly sprang energisch auf ihre sechs Beine und trottete schließlich trotzig davon.

An der nächsten Abzweigung links, dann wieder links. Oder rechts? Polly entschied sich für rechts. Und dann links. Dann wieder rechts. Oder wäre vorhin doch nach links richtig gewesen? Polly kamen die Gänge immer fremder vor. Außerdem roch es hier auch irgendwie merkwürdig. Vielleicht war sie in einen fremden Block geraten? Doch nach einer Weile des Weges stieg ihr der zartsüße Duft von Blattlaussaft in die Nase und verdrängte den muffigen Dampf der Fremde. Es roch so verlockend, dass Polly alle Vorsicht fahren ließ und wie von Sinnen der süßen Versuchung folgte. Dank ihres ausgezeichneten Geruchssinns hatte sie bald die richtige Abzweigung zur sprudelnden Quelle aufgespürt und stand schließlich vor der Öffnung zu einem Raum, aus dem der Duft von Blattlaussaft honigschwer herausquoll. Vorsichtig näherte sich Polly der Öffnung. Die betörende Süße machte sie ganz benommen. Der Raum war nur spärlich erleuchtet, der Boden bedeckt mit Schnipseln aus kleingeschnittenen Blattresten. Darauf saßen rundliche, fette, weißlich-grüne, vollgesogene Blattläuse. An ihren Hinterteilen glänzten wässrig schimmernde Tropfen, die von einigen Arbeiterinnen eifrig weg getupft wurden. Andere wieder wurden mit den Vorderbeinen gekitzelt oder massiert, was die Blattläuse dazu veranlasste, erneut einen Tropfen an ihrem Hinterteil abzugeben. Polly konnte nicht widerstehen. Sie mischte sich unter die melkenden Arbeiterinnen und stellte sich hinter eine Blattlaus, die gerade von einer kräftigen Melkerin massiert wurde. Daraufhin erschien ein glitzernder Tropfen Sirup, den Polly sofort in einem Zug verschlang. Zum Glück konnte die eifrige Melkerin nicht über den dicken Bauch der Blattlaus hinweg sehen, dass Polly nur darauf wartete, das schimmernde Ergebnis ihrer Mühen hinunterzuschlingen. Hmm, wunderbar süßer, frischer Blattlaussirup. Polly wollte mehr. Sie stellte sich hinter der nächsten Blattlaus auf und verspeiste auch deren Tropfen. Bis jetzt hatte keine der Arbeiterinnen bemerkt, dass sich eine Diebin unter sie geschlichen hatte. Aber wie lange würde das noch gut gehen? Polly wiederholte ihren Trick noch ein paarmal, ohne die geringsten Sorgen, entdeckt zu werden. Nach einem wahrhaft festlichen Schmaus war Pollys Appetit endlich gestillt und schließlich wurde ihr übel. Zu allem Überfluss schien eine Arbeiterin auch noch Verdacht geschöpft zu haben. Um nicht weiter aufzufallen, massierte Polly mit vorgetäuschtem Eifer die Blattlaus, deren Sirup sie gerade verspeist hatte. Doch die Blattlaus wollte einfach keinen weiteren Tropfen mehr spenden. So sehr sie auch massierte und kitzelte. Inzwischen waren drei oder vier Arbeiterinnen stehen geblieben und starrten Polly grimmig an. Sie war entdeckt! Polly wirbelte herum und stürzte zum Ausgang. Doch sie hatte so viel Sirup zu sich genommen, dass ihre Bewegungen langsam und schwerfällig waren.

„Ergreift sie!“, donnerte es durch den Raum.

Polly raffte alle ihre Kräfte zusammen und schob sich zur Türöffnung hinaus. Glücklicherweise war die Öffnung größer als die zu ihrer Kammer, sonst hätte sie nie und nimmer hindurchgepasst. Denn die riesige Menge leckeren Sirups hatte ihren Umfang fast auf das Doppelte anschwellen lassen. Doch als sie sich schon hindurch wähnte, blieb sie mit dem Bauch stecken. Sogleich spürte sie außerdem, wie jemand ihr fünftes und sechstes Bein mit festem Griff umklammerte. Sie versuchte, sich mit den vier Vorderbeinen nach außen zu drücken, während sie an den Hinterbeinen nach innen gezogen wurde. Mit aller Kraft stemmte sich Polly gegen die drohende Bestrafung. Doch je mehr sie sich nach vorne drückte und die Arbeiterinnen sie nach innen zogen, desto stärker wurde der Druck auf ihren Bauch. Irgendwann war der Druck so groß, dass sie den kostbaren Saft in hohem Bogen ausspie, der sich als glitschig-klebrige Masse auf ihren Fluchtweg ergoss. Da löste sich die Verklemmung auf einmal mit einem lauten Plopp und Polly wurde in den Gang geschleudert. Gleichzeitig hörte sie ein lautes Scheppern und Klirren. Die Arbeiterinnen, die am anderen Ende gezogen hatten, waren ihrerseits in den Raum zurückgeworfen worden und hatten dabei allerlei mit Sirup gefüllte Gefäße umgestoßen. Polly rappelte sich auf, glitt jedoch auf dem ausgespuckten Zuckersaft aus. Zum Glück konnten die Arbeiterinnen auf dem verschütteten Sirup ebenfalls keinen Halt finden. Nach mehreren gescheiterten Versuchen aufzustehen, änderte Polly ihre Strategie: Auf dem Bauch liegend stieß sie sich mit den Beinen von der Wand des Ganges ab und glitt wie eine Robbe auf einer Eisscholle mit ihrem ganzen

Körper über den glitschigen Boden, bis sie wieder sicheren Grund unter den Füßen spürte. Dann rannte sie davon, als wären alle Räuberameisen des Waldes hinter ihr her. Bald bemerkte sie jedoch, dass die Arbeiterinnen ihr gar nicht folgten, denn die plantschten immer noch wild schimpfend im Sirup herum, versuchten sich gegenseitig aufzuhelfen und hielten sich aneinander fest. Aber sobald auch nur eine einzige Arbeiterin den Halt verlor, purzelten alle wieder übereinander. Einige nutzten das ganze Durcheinander sogar aus, um unbemerkt vom Blattlaussirup zu naschen, was auch einer Melkerin ja streng verboten war.
Polly drosselte schließlich ihr Tempo und blieb ein paar Abzweigungen später erschöpft im Gang liegen. Sie atmete schwer vor Anstrengung. Dann hielt sie kurz den Atem an, um zu horchen, ob ihr wirklich keiner folgte. Aber außer ihrem pochenden Herzen war nichts zu hören. Polly beschloss deshalb, sich kurz auszuruhen und dann so schnell wie möglich den Weg zurück in ihre Kammer zu suchen. Doch als sie sich endlich wieder aufrichten wollte, wurde sie wie von unsichtbarer Hand niedergehalten. Sie versuchte die Beine einzeln anzuheben, aber keiner ihrer Füße ließ sich vom Boden lösen. Polly schüttelte sich hin und her, versuchte sich zu drehen und zu winden, aber es half nichts. Sie steckte an Ort und Stelle mit ihren Fußsohlen fest. Sie schaute hinunter und bemerkte eine spröde, weiße Schicht an ihren Füßen. Da begriff Polly: Der Blattlaussaft an ihren Füßen war eingetrocknet und hatte sie wie sechs Lebkuchen mit Zuckerguss an den Boden des Ganges geklebt. Nun war sie verloren. Hier würde sie liegen

bleiben, bis die ersten Arbeiterinnen sie morgens im Gang entdeckten und dafür sorgten, dass sie ihre gerechte Strafe erhielt. Jetzt hatte sie also ihren besonderen Tag!
Doch Polly wollte sich nicht so einfach ihrem Schicksal ergeben. Sie überlegte.
„Wie wird man den Zuckerguss am besten los? Hm, …, ablutschen am besten."
Das wäre unter normalen Umständen sicherlich eine leckere Option. Aber sollte Polly allen Ernstes ihre eigenen Füße ablecken? Und wie sollte sie überhaupt an ihre Füße herankommen? Alle sechs waren am Boden fixiert, so dass Polly sich nicht rühren konnte. So weit Polly ihre Zunge auch ausstreckte, reichte sie doch bei weitem nicht bis zum Boden. Sie dachte weiter angestrengt nach. Irgendetwas musste ihr doch einfallen.
Polly war von dem Übermaß an genossenen Köstlichkeiten immer noch ganz flau im Magen. Außerdem verwirrte es sie, dass der Anblick der eigenen, mit herrlichem Zuckerguss überzogenen Beine in gewissem Maß verlockend wirkte. Ihr lief das Wasser im Mund zusammen.
„Na klar, ich hab's!"
Sie richtete ihren Blick weiter auf ihre gepuderten Füße und versuchte sich vorzustellen, es seien sechs riesige Portionen Zuckerwatte. Denn sie glaubte, dass ihr Appetit Kräfte freisetzen würde, die stärker waren, als die Kraft des Zuckerklebers. Aber alsbald durchkreuzte ihr Magen den Plan, denn die Erinnerung an das haltlose Gelage von vorhin ließ sich einfach nicht verdrängen. Sie fühlte sich voll bis zum Hals und musste schlucken.

Aber so leicht wollte sie sich nicht unterkriegen lassen. Denn ihre viel zu kurze Zunge hatte sie auf eine ungehörige Idee gebracht.
„Was, wenn ich ein Gürteltier wäre?“
Mit großer Hingabe stellte sie sich vor, ein Schuppentier zu sein, das mit seiner langen, klebrigen Zunge nach ihren Füßen schnappt: Ein appetitliches Kribbeln und Krabbeln auf der Flucht vor der schlängelnden Gier. Sie schauderte und schloss dann resigniert und erschöpft die Augen, denn ihr wurde bewusst, dass sie selbst auf der Speisekarte eines Gürteltieres stehen dürfte. Sie fühlte sich nach den fehlgeschlagenen Befreiungsversuchen klein und schwach. Da erinnerte sie sich daran, dass Ameisen eigentlich sehr stark sind. Zumindest mit ihren Kieferwerkzeugen kann eine Ameise ein Vielfaches ihres Körpergewichts bewegen. Und da Polly ja nicht gerade dünn war, konnte sie auch umso mehr heben, dachte sie. Polly öffnete ihre Kieferzangen und grub sie tief in die weiche Wand des Ganges ein. Dann schloss sie ihr Kauwerkzeug und versuchte ihren Körper zunächst behutsam, dann immer kräftiger mit dem Kopf als Anker anzuheben. Doch bevor sich ein Bein lösen konnte, brach ein Stück Wand heraus, an dem sich Polly fast verschluckte. Aber Polly gab nicht auf, sie biss erneut zu, diesmal an einer festeren Stelle. Und tatsächlich, die Wand hielt. So gelang es ihr schließlich, sich unter

~ Also wenn ich mich ganz lang mache, passe ich durch jedes Nadelöhr, glaube ich! ~

größter Anstrengung von den Fußfesseln zu befreien. Erleichtert wollte Polly den Rückweg antreten. Doch erstens wusste sie nicht wohin und zweitens schmerzten ihre Füße jetzt fürchterlich, so dass der Heimweg wohl sehr beschwerlich werden würde. Aber es half nichts. Polly machte sich auf.

Zuerst irrte sie durch die Gänge, doch dann erinnerte sie sich: In der Schule hatte sie gelernt, dass Arbeiterinnen auf ihrem Weg eine Duftspur hinterlassen, der andere Ameisen folgen können. Auf diese Weise konnten die Ameisen andere Bewohner des Baus zu einer Stelle führen, an der es etwas zu Fressen gab. Wenn das so ist, dann müsste Polly ja auch ihre eigene Spur wiederfinden können. Und tatsächlich, nach kurzem Suchen fand Polly sie. Und sie führte sie, wenn auch nicht auf dem kürzesten Weg, zurück zu ihrer Kammer. Noch vor Sonnenaufgang verschloss sie den Eingang und legte sich völlig erschöpft aber erleichtert auf ihr Lager. Was ihr am nächsten Tage wohl bevorstehen würde, daran wagte sie nicht zu denken. Wenig später schlief Polly ein.

Die Nacht war kurz, als Polly geweckt wurde. Die erste Vorarbeiterin stand vor ihrer Kammer und befahl Polly aufzustehen.

„Alle Arbeiterinnen zum Appell!“, rief sie.

Alle Bewohnerinnen des Abschnitts, in dem Polly wohnte, mussten sich in einer Reihe aufstellen.

„Arbeiterinnen. Heute Nacht ist etwas Furchtbares passiert. Einige Räuberameisen haben unseren Stock heimgesucht. Sie sind in unsere Vorratskammer eingedrungen, haben mehrere Arbeiterinnen bedroht und Futter gestohlen“, schnarrte die erste Vorarbeiterin in

strengem Ton. „Nun heißt es für alle: Zusammenhalten! Wenn alle mithelfen, dann können wir den Schaden noch vor dem Winter beheben. Wenn nicht, wird das für uns alle schlimme Folgen haben.“
Polly wagte es nicht, der ersten Vorarbeiterin in die Augen zu schauen.
Egal zu welcher Arbeit Polly in den folgenden Tagen eingeteilt wurde, sie erledigte ihre Aufgaben vorbildlich. Sie gehörte stets zu den Schnellsten. Selbst die Reinigung der Gänge erledigte sie trotz ihrer Abneigung mit großer Sorgfalt. Aber auch Reparaturen an Wänden oder Böden übernahm sie gerne und führte sie gewissenhaft und gründlich aus. Besonders hervor tat sie sich, wenn es schwierige Aufgaben zu bewältigen gab, die eigentlich von einer Vorarbeiterin geleistet werden mussten. Polly war so eifrig, dass ihr bald verantwortungsvollere Aufgaben übertragen wurden. Schließlich durfte sie sogar, obwohl sie eigentlich noch zu jung war für diese Aufgabe, den Wachdienst übernehmen.

~ Was für eine merkwürdige Verwandlung! Oder ist da etwas faul?! ~

~~~~~~

Noch nicht müde? Dann lies doch mal
Der Prozess
von Franz Kafka
oder weiter im nächsten Kapitel.

~~~~~~

Die tanzenden Schneeflocken

Es war ein kalter Wintertag. Die Sonne hatte sich hinter dicke Wolken verzogen und ein leichter Wind drückte die Kälte durch jede Ritze. Über dem Dorf lag Stille, kein Mensch war auf der Straße zu sehen und aus den Schornsteinen kringelte sich weißer Rauch in den Abendhimmel. Aus manchen Fenstern konnte man das flackernde Licht von knisternden Kaminfeuern sehen. Ein Duft von Anis- und Ingwerplätzchen zog durch die Straßen. Ach, wenn es jetzt doch nur schneien könnte. Dann wäre das das schönste Weihnachtsfest, das man sich vorstellen kann. Das dachten sicher alle, vielleicht sogar die Schneeflocken selbst.

Die Kälte hatte die Wolken zu weißen Kristallbüscheln gefrieren lassen. Und wenn die Flocken darin zu groß geworden waren, fielen sie zur Erde. Nur wenn der Wind wehte, tanzten sie vergnügt und dachten gar nicht daran, den direkten Weg zu nehmen. Viel lieber hüpften sie auf und ab und drehten sich hin und her taumelnd im Kreis. Eine besonders große Schneeflocke jedoch wollte nicht mit den anderen tanzen. Sie war wohl zu schwer und machte sich eilig auf den Weg nach unten. Doch war sie von besonderer Schönheit. Aus ihrer Mitte wuchsen feingliedrige, kristallene Ärmchen, die sich mit spielerischer Leichtigkeit nach außen reckten, um sich dort vielfach aufgefächert wieder mit anderen Ärmchen zu vereinen. Am äußeren Rand spann sie viele tausend feine, weiße Fäden, die sie wie ein Ring aus feinster Zuckerwatte schmückten. Das durch das Fadengespinst hindurch fallende Sonnenlicht brachte sie zum Glitzern,

als wäre sie der hellste Stern am dunklen Nachthimmel. Schöner war sie als eine Blume. Weil sie schöner war als alle anderen, war sie eingebildet und wollte nicht mit den gewöhnlichen Schneeflocken tanzen. Sie suchte ihresgleichen, Schneeflocken, die es mit ihrer Schönheit aufnehmen konnten. Und da sie hier oben keine finden konnte, wollte sie auf ihrem Weg zur Erde welche suchen. Doch während die anderen um sie herum fröhlich tanzten, dachte sie: Tanzt ihr nur weiter, ich werde die Schönheit weiter unten finden.
Als sie bereits eine ganze Weile unterwegs war, begegneten ihr einige Regentropfen. Sie schaute nur verächtlich herüber und dachte sich: Was sind das nur für dicke, unförmige Gesellen. Die kennen nur eine Richtung und bewegen sich ohne jede Anmut, und tanzen können sie schon gar nicht. Die Regentropfen aber hielten einen Augenblick inne und bestaunten beeindruckt ihre Schönheit. Ach, wie wunderbar ist sie, sie muss wohl eine Königin sein, denn sie trägt eine prächtige weiße Krone, dachten sie. Die Schöne aber wendete sich nur verächtlich ab und flog weiter.
Wenig später begegneten ihr ein paar Vögel, die es furchtbar eilig hatten, vor der Nacht noch ein warmes Quartier zu finden. Sie zwitscherten wild durcheinander und flatterten so aufgeregt mit ihren Flügeln, dass die Schneeflocke ins Taumeln

~ Ist eine Königin eigentlich eine Königin, weil sie eine Krone trägt? Oder trägt sie eine Krone, weil sie eine Königin ist? ~

geriet. Ganz schwindlig wurde ihr, denn das Tanzen war sie ja nicht gewöhnt. Dummes Federvieh, dachte die Schneeflocke. Die haben wirklich keinen Anstand. Die wissen wohl nicht, dass gerade eine Königin an ihnen vorbeigeflogen ist. Sie würdigte die Vögel keines weiteren Blickes und flog schnippisch weiter.
Da landete sie unvermittelt auf einem Stein vor einem kleinen Haus. Sie war überrascht, schon angekommen zu sein, denn ihr war unterwegs niemand begegnet, der es mit ihrer Schönheit aufnehmen hätte können. Regungslos wartete sie darauf, was passieren würde. Aber nichts geschah. Der Wind trieb die anderen Schneeflocken durch die Straßen. Die Schneeflockenkönigin aber sorgte sich lediglich, dass eine andere Schneeflocke neben ihr oder gar auf ihr landen und ihre Schönheit verdecken könnte. Aber sie konnte nichts tun!
Da trat ein kleiner Junge aus der Wohnung und rief: „Es schneit, seht, es schneit!“ Der Junge lief aufgeregt durch den Vorgarten des Hauses. Da entdeckte er den Stein, auf dem die Schneeflocke gelandet war. Er lief auf die Schneeflocke zu und beugte sich zu ihr herunter. „Oh, wie schön sie doch ist!“
Vorsichtig hob er den Stein auf und betrachtete die Schneeflocke aus der Nähe. Ich bin gerettet, dachte die Schneeflocke. Keiner wird es wagen, auf mir zu landen, der Junge wird dafür sorgen.
„Diese Schneeflocke muss ich Mama zeigen. So eine Schönheit hat sie sicher noch nie gesehen“, dachte der Junge und vorsichtig trug er den Stein mit der Schneeflocke ins Haus. „Du armes Ding hast sicher gefroren da draußen. Warte, ich stelle dich auf den Ofen,

bis Mama kommt. Da hast du es schön warm.“ Doch bis Mama nach Hause kam, hatte der Junge die Schneeflocke längst vergessen. „Mama, morgen können wir sicher Schlitten fahren, wenn es weiter so viel schneit“, freute sich der Junge. Als Mama den Stein auf dem Ofen liegen sah, fragte sie den Jungen. „Warum hast du den Stein auf den Ofen gelegt?“

Der Junge nahm den Stein und betrachtete ihn von allen Seiten: „Keine Ahnung.“ Und weil es kein besonders schöner Stein war, warf er ihn in den Schnee vor dem Haus. Es hatte so viel geschneit, dass er darin versank.

~~~~~~

Noch nicht müde? Dann lies doch mal
Die unerträgliche Leichtigkeit des Seins
von Milan Kundera
oder weiter im nächsten Kapitel.

~~~~~~

~Ulrich Wurm~

Ich bitte um Ruhe!
Nachdem der Aufruf keine Wirkung zeigte, nahm er seinen Stock, tock, tock.
„Ruuhee!“
Die Wurmschüler erschraken und nahmen nun endlich Notiz davon, dass der Lehrer eingetreten war und seinen Unterricht beginnen wollte. Hastig krochen alle auf ihre Plätze.
Er räusperte sich.
„Liebe Würmer, ich vertrete heute Frau Schlinge, die unsere Schule unerwartet verlassen musste.“
Die Schüler begannen zu tuscheln. Er räusperte sich erneut und das Tuscheln erstarb.
„Warum Frau Schlinge gehen musste, wollt ihr sicher wissen. Tja, ich weiß es nicht. Stattdessen lasst uns mit dem Unterricht sofort beginnen, es ist schon spät.“
Er zählte die Schüler durch und musste feststellen, dass ein Wurm fehlte.
„Mir scheint, ihr seid nicht vollzählig. Wer weiß dazu etwas zu sagen?“
Schweigen.
„Niemand?“
Schweigen.
„Wollt ihr oder könnt ihr dazu nichts sagen?“
Gesenkte Blicke.
„Nun, ich werde es herausfinden. Ich dulde kein unentschuldigtes Fehlen!“
Der alte, knurrige Lehrer stützte sich auf seinen Stock, hustete und hielt sich dabei mit einem Ende den Bauch,

als ob ihm das Husten dort besondere Schmerzen bereiten würde.
„Jeder Wurm muss zur Schule gehen, denn nur hier lernt ihr, was ihr für euer späteres Leben braucht. Die Welt ist voller Gefahren, besonders für uns Würmer!“
„Warum?“, fragte ein vorwitziger Schüler aus der letzten Reihe. Der Lehrer sah ihn mit scharfem Blick an.
„Man stellt nicht unaufgefordert Fragen im Unterricht. Wie ist dein Name?“
„Ulrich“, antwortete der Naseweis.
„Aha, also Ulrich. Wer sich nicht an Regeln hält, darf das auch nicht von anderen erwarten. Was hat das zur Folge, Mr. U. Wurm?“, fragte der Lehrer spöttisch, während er über den Rand einer imaginären schwarzen Melone auf seinem Kopf streichend einen englischen, hochnäsigen Gentleman persiflierte.
„Gefahr!“, platzte Ulrich unbeirrt heraus.
„Richtig. Wir Würmer müssen sehr gut organisiert sein und immer zusammenhalten. Sonst sind wir verloren, denn wir haben viele Feinde.“
Der Lehrer hustete erneut und verzog dabei das Gesicht. Sein Bauch wölbte sich dabei ein wenig, gerade so als hätte er dort eine dicke Beule.
„Warum?“, wollte Ulrich wissen.
„Weil wir offensichtlich sehr gut schmecken. Ist das nicht sonderbar?“
Der Lehrer strahlte die Kinder an. Ein Raunen ging durch die Klasse, dem der Lehrer nur mit einem energischen „Ruhe!“ Einhalt gebieten konnte.
„Seid ihr etwa anderer Meinung?“, wollte er wissen.

Jetzt war auch Ulrich eingeschüchtert genug, um den Mund zu halten.
„Nun gut, ich werde eure Fragen beantworten. Hört genau zu. Das, was ich euch jetzt erzähle, hat sich so, und genau so zugetragen. Es ist die Geschichte von einem Wurm, der einmal in diese Schule ging. Er war genauso naseweis wie Ulrich, und blieb dem Unterricht sehr lange fern, genau wie euer Mitschüler hier.“ Der Lehrer deutete auf den leeren Platz, dann lehnte er sich zurück und rollte sich zweimal zusammen. Schließlich räusperte er sich bedeutungsschwer und begann zu erzählen.
„Es war stockdunkel. Und feucht. Besonders an diesem Tag. Denn es regnete schon seit drei Tagen fast ununterbrochen. Und das mitten im Frühling. Na ja, eigentlich ist es hier immer dunkel, zumindest für die da oben. Für uns ist das gar nicht schlimm, wir sind es ja auch nicht anders gewöhnt. Wenn es allerdings viel regnet, stehen hier unten so viele Pfützen in den Gängen, dass wir manchmal bis zu denen da oben müssen. Nicht dass wir das gerne tun, aber es bleibt uns eben nichts anderes übrig, wenn wir nicht in den Pfützen ertrinken wollen. Der Großvater dieses Jungen hatte früher erzählt, dass es da oben gierige Gestalten gäbe, die hinterhältig auf uns warten. Wir seien für die da oben nichts anderes als Lebendfutter, hatte er gesagt.
Sein Großvater war sehr klug, er hatte für alles eine Erklärung, wenn man ihn etwas fragte. Sein Großvater fand das gut, wenn er ihm Fragen stellte. Aber seine Mutter musste ihn dann bremsen. Er solle ihn nicht so viele Löcher in den Bauch fragen, schimpfte sie. Aber sein Großvater hat ihr entgegnet: ‚Lass den Jungen

fragen. Wenn er nicht fragt, kann er nichts lernen. Oder soll er das Rad ein zweites Mal erfinden?‘ Der Junge verstand nie so recht, was sein Opa damit meinte, das Rad ein zweites Mal zu erfinden. Er wollte nicht, dass sein Opa denkt, er sei dumm und verstehe ihn nicht und traute sich deshalb nicht zu fragen.
Eines Tages war sein Großvater spurlos verschwunden. An einem Regentag, so wie der, von dem ich euch jetzt erzähle. Wahrscheinlich hatten die da oben ihm aufgelauert. Was die wohl mit ihm gemacht haben?“
Der Lehrer warf einen sehnsüchtigen Blick zur Decke.
„Ach, er wollte nur zu gerne mal so eine Gestalt sehen. Nur aus der Ferne, so dass sie ihm nichts tun konnte. Und wo wohnten diese Gestalten eigentlich? Überall nur Luft da oben! Die können ja nicht mal einen Gang graben. Da müssten sie schon zu uns unter die Erde kommen. Es muss schrecklich sein, da oben. Überall nichts! Nur ganz komische Gestalten können es in einer so schrecklichen Leere überhaupt aushalten. Der Junge glaubte nicht, dass sein Großvater freiwillig dort geblieben war. Aber was, wenn die schrecklichen Gestalten ihn gefangen hielten? Vielleicht lebte Großvater ja noch. Vielleicht hatten die Wesen ihn gefangen genommen, weil sie einsam waren in ihrer luftigen Welt. Und sein Großvater musste ihnen stundenlang von unserer herrlichen Landschaft unter der Erde erzählen. Er hoffte, dass Großvater ein bisschen schwindeln und nicht verraten würde, wie schön es bei uns ist. Sonst kämen diese Gestalten noch zu uns herunter, weil sie es mit eigenen Augen sehen wollten. Oh weh, am Ende wollten sie hier bleiben? Dann würde es eng werden! Dann würden unsere schönen Gänge

kaputt getrampelt von diesen plumpen Kolossen. Die dachten wohl, sie könnten sich hier so aufführen wie oben!“

Der Lehrer wurde stocksteif.

„Aber da haben sie sich gewaltig getäuscht. Es soll hier ja nicht bald so aussehen wie bei denen! Hm, aber wie sieht es da oben eigentlich aus?“

Nun setzte der Lehrer einen seiner überlegenen Lehrerblicke auf. Er wollte wohl signalisieren, wie sehr viel mehr ein Lehrer von der Welt versteht als alle anderen.

„Vielleicht sollte er mal nachsehen? Ach, was sollte es da außer nichts schon zu sehen geben? Aber er könnte ja nach Großvater suchen, damit er nicht so viele Geschichten von uns erzählt. Ja, glaubte er, das würde er tun. Am besten, wenn es oben dunkel war. Dann könnten ihn die Gestalten nicht sehen, er sie aber schon.

Im nächsten Schulunterricht nervte er seinen Lehrer mit Fragen nach der Welt über uns. Leider wusste der selbst nicht besonders viel zu erzählen, jedenfalls nichts, was dem Jungen für seinen geplanten Ausflug weiterhelfen konnte.

‚Wie viel ist zwei mal vier?‘, fragte der Lehrer den Jungen schließlich, um den Unterricht nicht zu vernachlässigen.

‚Äh‘.

Für uns Würmer ist Mathe ganz schön schwierig. Wir haben ein Ende auf der einen und ein Ende auf der anderen Seite. Das reicht zum Abzählen bis zwei. Drei geht auch noch. Aber für mehr fehlen uns einfach ein paar Finger. Er verstand aber auch nicht, wie man

mehrere Hände mit noch mehr Fingern dran überhaupt kontrollieren kann. Er glaubte, er hätte ständig verknotete Finger. Das würde ihm beim Rechnen wenig helfen. Und wozu brauchte man überhaupt so viele Finger?
‚Also, ich glaube, es ist – sechzehn durch zwei!'
‚So so', staunte der Lehrer. ‚Und wie viel ist sechzehn geteilt durch zwei?'
‚Zweiunddreißig durch vier.'
Der Lehrer stieß einen leisen Pfiff aus: ‚Leider weiß ich über die Welt da oben nicht annähernd so gut Bescheid wie du über Zahlen.'
‚Macht nichts, wenn ich wieder zurück bin, kann ich Ihnen ja davon erzählen.' Der Junge biss sich auf die Zunge. Eigentlich wollte er niemandem seinen Plan verraten. Und nun wusste es die ganze Klasse!
‚Na dann pass mal gut auf dich auf da oben. Und wenn du eine von diesen hässlichen Gestalten siehst, dann grüß sie schön von mir!', lachte der Lehrer. Was für ein Glück, der Lehrer nahm den Jungen nicht ernst.
‚Hast du denn auch eine Landkarte von da oben?', fragte der Lehrer und zwinkerte ihm zu.
‚Wofür braucht man denn eine Landkarte?' Er musste gestehen, dass er schon davon gehört hatte. Aber wozu eine Landkarte gut sein sollte, wusste er nicht.
‚Hier bei uns ist alles geregelt. Da gibt es Gänge, durch die man kriechen kann. Und wenn man sich mal verirrt hat, macht das nichts, dann frisst man sich durch die Erde einen eigenen Gang in die Richtung, in die man eben möchte. Und es gibt überall genug zu fressen. Aber da oben ist es anders. Da ist überall nichts. Und dann sind da überall diese dicken Gestalten, die alles zertrampeln. Und

es ist manchmal sehr heiß und manchmal sehr kalt. Entweder erfrierst du oder du vertrocknest, wenn du nicht weißt, wohin. Ein schrecklicher Ort ist das.'
,Und was hat das alles mit einer Landkarte zu tun?'
,Die Karte zeigt dir, wohin du gehen musst, wenn du nicht weißt, in welche Richtung du kriechen sollst. Im Schularchiv gibt es noch ein paar alte Karten, die weggeworfen werden sollen. Sie sind zwar nicht mehr ganz neu, aber zum Spielen reichen sie. Du kannst dich beim Hausmeister melden, er wird dir eine geben.'
,Oh danke, Herr Lehrer!', rief der Junge begeistert.
Seine Begeisterung verflog jedoch jäh, als er, wie vom Lehrer empfohlen, in der nächsten Pause beim Hausmeister eine Karte abholte, sie auseinander faltete – und nichts darauf verstand. Der Hausmeister muss wohl seine Enttäuschung bemerkt haben und lächelte.
,Du hältst sie verkehrt herum.'
Er sah ihn unsicher an. Der Hausmeister ahnte wohl, dass er noch nie eine Landkarte gesehen hatte und half ihm.
,Die Quadrate mit den Dreiecken dran sind die Häuser. Wenn die Dreiecke oben sind, hältst du die Karte richtig.'
,Oh, und das sind sicherlich die Gänge, nicht wahr?'
,Wege und Straßen sind das. Aber das wirst du ja selbst sehen, wenn du oben bist. Wenn es weiter so viel regnet, können wir uns oben treffen und du zeigst mir mit deiner Karte, wo wir hin müssen', sagte der Hausmeister grinsend. Dann lachte er laut und kroch rasch zurück in seine Hausmeisterstube, um die üblichen Vorbereitungen für die große Pause zu treffen.
Spätestens jetzt stand der Entschluss des Jungen fest: Er würde nach oben gehen und nach seinem Großvater

suchen. Mit dieser Karte konnte das gar nicht schiefgehen. Er wusste zwar noch nicht genau, was er mit der Karte machen sollte, aber das würde sich dann schon ergeben.
Am Abend, kurz vor dem Einschlafen, packte er noch ein paar Sachen zusammen, die er neben der Karte für seine Reise nach oben für nützlich hielt. Etwas Wasser, denn dort oben konnte es sehr heiß und trocken werden, eine Sonnenbrille, denn soviel Licht sind wir nicht gewohnt, und einen Bindfaden, den er um die Karte wickelte. Aber das Allerwichtigste fehlte noch, denn für den Notfall musste er auch eine Waffe dabei haben. Und was wäre besser geeignet als die Brumme, die Opa ihm kurz vor seinem Verschwinden geschenkt hatte? Mit einer Brumme, hatte er gesagt, kannst du jedes dieser Wesen in die Flucht schlagen, denn eigentlich sind sie ziemliche Hasenfüße. So groß, aber Angst vor einer Brumme! Der Junge zog sie unter seinem Schlaflager hervor und betrachtete sie andächtig von allen Seiten.
‚Dass ich dich einmal brauchen werde‘, dachte er.
Dann unterzog er die Brumme einem Test. Vorsichtig schlang er sich um das eiförmige, schwarz-gelb gestreifte Ding und drückte es mit allen Kräften zusammen. Es begann leicht zu vibrieren. Er umschlang es noch fester, gerade so als ob er eine Zitrone auspressen wollte. Die Brumme vibrierte immer stärker und begann schließlich, leise zu surren. Während er sie immer noch fest umschlossen hielt, begann den ganzen Raum ein Brummen und Summen zu durchdringen, bis sie sich schließlich wie der Korken einer Sektflasche aus seinem Würgegriff befreite und in wahnsinnigem Tempo und

ohrenbetäubendem Schnarren und Brummen durch die Gänge davonstob. Hoffentlich hatten seine Eltern nichts bemerkt, sonst wäre es aus mit seinen Plänen gewesen. Vorsichtig kroch er durch den Gang, in den die Brumme verschwunden war. Immerhin, der Funktionstest war erfolgreich verlaufen. Mit einer Brumme würde er es mit jeder dieser dunklen Gestalten aufnehmen, sofern er sie heute noch finden würde. Hinter der nächsten Biegung lag sie dann, zwar etwas verschmutzt, aber unversehrt. Er sammelte sie auf und packte sie zu seinen Sachen.

Am nächsten Morgen, noch vor Sonnenaufgang, schlich er sich aus seinem Nachtlager und machte sich auf den Weg nach oben. Es war ein langer und beschwerlicher Weg. Etliche Male dachte er daran, umzukehren. Doch die Neugier, aber auch der Wunsch seinen Großvater wiederzusehen, trieben ihn an. Weiter, immer weiter führten die nicht enden wollenden Gänge nach oben. Nach einer langgezogenen Biegung schließlich drang gedämpftes Licht herein, das musste das Ende des Ganges sein. Der Junge spürte einen leichten Luftzug.

‚So fühlt sich also das Nichts an‘, dachte er. ‚Seltsam, sehen kann man es nicht. Aber ich kann es spüren. Und ich dachte, man spürt nichts.‘

Das fing ja gut an. Er war noch nicht mal ganz oben und bereits jetzt verwirrte ihn die oberirdische Welt.

Zum Glück hatte er ja die Karte. Er rollte sie aus, als er am Ende des Ganges angekommen war, und blickte ins Freie. Aber nichts von dem, was auf der Karte stand, war draußen zu sehen. Stattdessen war da eine riesengroße Leere.

‚Was für ein gewaltiger Gang!', staunte er. ‚Er scheint endlos zu sein!'

Doch wofür brauchten die Gestalten solche riesigen Gänge? Waren diese absonderlichen Geschöpfe etwa noch riesiger als das Größte, das er sich überhaupt vorstellen konnte? Er schluckte. ‚Wie soll ich Wurm in einer so großen Welt jemals etwas ausrichten?'

Andererseits. Wenn diese Gestalten so riesig waren, würden sie ihn sicher nicht bemerken und er könnte in aller Ruhe nach Großvater suchen. Also beschloss er, erst einmal so lange geradeaus zu kriechen, bis das Nichts enden würde. Irgendwo musste es ja aufhören. Alles hört irgendwann irgendwo auf. Vorsichtig schlängelte er sich vorwärts. Der Untergrund war warm und fühlte sich bröckelig an. Es war ziemlich anstrengend voranzukommen, denn immer wieder blieben ein paar trockene Krümel an seinem Bauch hängen. Außerdem war die Luft so trocken, dass seine Haut nach einer Weile des Kriechens rissig wurde und schmerzte. Er musste verschnaufen, aber dazu brauchte er ein geeignetes Versteck. Vielleicht konnte die Karte ihm weiterhelfen. Er rollte sie auf und betrachtete sie von allen Seiten. Die Karte war voll mit Quadraten und Dreiecken, zwischen denen sich Linien in den verschiedensten Farben schlängelten. Manche Linien waren miteinander verbunden, andere endeten unvermittelt, meist in der Nähe eines Quadrats. Der Junge konnte sich einfach nicht erklären, wie man damit herausfinden konnte, wo man sich gerade befand und in welche Richtung man gehen musste. Und wo auf dieser Karte Großvater zu finden sein sollte, das verstand er schon gar nicht. Je länger er

die Karte betrachtete, desto mehr zweifelte er an seinem Vorhaben.
‚Wie soll ich da jemals den richtigen Weg finden?'
Auf der gesamten Karte war kaum eine freie Stelle zu finden. Außer am oberen, äußersten Rand. Da war nichts.
‚Nichts! Nichts! Genau wie hier! Vielleicht befinde ich mich ja genau an dieser Stelle? Vielleicht ist die Welt der Gestalten doch nicht so leer. Und wenn ich einfach weiterkrieche, muss ich irgendwann ein Quadrat oder eine Linie erreichen. Dann sehe ich weiter.'
Er rollte die Karte zusammen und kroch entschlossen voran, trotz Schmerzen und riesigem Durst.
Das Nichts zog sich endlos hin. Ob er jemals wieder zurückfinden würde? Wenn er jetzt umkehren würde und den ganzen Weg zurück müsste, dann wäre es aus mit ihm. Dessen war er sich sicher.
Doch seine Beharrlichkeit machte sich schließlich bezahlt. Als er schon fast nicht mehr an seinen Erfolg glauben wollte, sah er in der Ferne einen riesigen dunklen Schatten. Endlich Schatten! Erwartungsfroh kroch er dem Schatten entgegen. Mit kräftigen Schwüngen, nicht ganz typisch für einen Wurm, stieß er sich links, rechts, links und wieder rechts vom Boden ab. Noch nie war er so schnell unterwegs gewesen. Fast erschien es ihm, als würde sich der Schatten noch schneller nähern, als er voran kroch. Schließlich war der Schatten so nah, dass sich seine Umrisse vor dem grellen Licht deutlich abzeichneten. Er war beeindruckt. So etwas Großes, Schönes hatte er noch nie zuvor gesehen. Zwei lange Stelzen stützten das riesige, hoch aufragende Gebäude, an das sich zwei lange, fast wie zwei riesige Würmer

aussehende Anbauten schmiegten. Das Hauptgebäude hatte ein rundes, kugelförmiges Dach, das sich im Wind lustig hin und her wiegte, genau wie die Nebengebäude auch. Überhaupt schien das ganze Gebäude zu wanken und zu zittern und wirkte auf einmal bedrohlich. Hastig kroch er erst zur Seite, dann drehte er sich um und schlängelte sich in die Richtung zurück, aus der er gekommen war. Jetzt erfasste ihn Panik, denn wenn das Gebäude einstürzte, wäre er verloren. Bloß nicht zurückschauen, dachte er. Links, rechts, links, rechts, links, rechts, links. Sein Bauch schmerzte, als hätte ihn jemand mit Schmirgelpapier abgeschliffen. Aber er hastete weiter. Da spürte er plötzlich einen unheimlichen Luftzug. Um ihn herum wurde es immer dunkler und ein lautes Ächzen war zu hören. Dann wurde er am Hinterteil gepackt und in die Luft geschleudert. Zwei-, dreimal wand er sich um sich selbst, um der Umklammerung zu entkommen, aber es gelang ihm nicht. Dann umgab ihn tiefste Finsternis, die ihm noch dunkler erschien als die Nächte in seiner Schlafkammer. Er konnte nicht einmal sein eigenes Hinterteil erkennen, das nun ebenfalls furchtbar schmerzte. Um ihn herum wimmelte und wuselte es so, als hätten sich alle Würmer der Welt an diesem Ort versammelt.

‚Na Kleiner, bist wohl neu hier?‘, hörte er eine weibliche Stimme fragen.

Er stöhnte nur, denn sein Bauch und sein Hinterteil, die beide kräftig durchgeknetet wurden, schmerzten immer noch.

‚So jung!‘, hörte er eine andere Stimme sagen. ‚Ein Jammer.‘

‚Wer seid ihr?‘, wollte der Junge wissen. ‚Und wo sind wir?‘
‚Wer wir sind? Dasselbe wie du! Und wir sitzen alle schön in der Patsche!‘, antwortete die weibliche Stimme wieder.
‚Wie meinst du das?‘
‚Wie ich das meine, du Grünschnabel?‘
Die Dunkelheit war ein wenig gewichen, oder er hatte sich daran gewöhnt, und er konnte nun schemenhaft eine Würmin erkennen. Sie hatte eine gewisse Ähnlichkeit mit seiner Mutter, auch wenn ihre Stimme so gar nicht zu ihr passen wollte.
‚L E B E N D F U T T E R‘, buchstabierte sie und zog dabei ihre Nase hoch, als wollte sie ihm zeigen, wie sauber sie geputzt war. Überhaupt machte sie einen sehr gepflegten Eindruck, und das trotz des Durcheinanders hier drin.

~ Von wegen wir Würmer sehen alle gleich aus - wenn ich mir da die, hmm, Käfer anschaue! ~

‚Lebendfutter?‘, fragte der Junge verblüfft und erschrocken zugleich.
‚Köder für die Fische‘, sagte ein anderer, der gerade über sie hinweggekrochen war und seine Ratlosigkeit bemerkt hatte.
‚Was ist denn Köder?‘, wandte er sich wieder der Würmin zu.
‚Du bist wahrlich ein Grünschnabel. Was glaubst du, was wir hier drinnen eigentlich machen? Ein Volksfest etwa?‘
‚Ködern vermutlich, oder?‘

Die Würmin stieß einen verächtlichen Pfiff aus, drehte sich um und verschwand zwischen drei oder vier sich windenden Wurmmännern.
‚Man ködert mit uns, verstehst du', sagte eine tiefe, aber sympathische Stimme hinter ihm.
‚Man spießt uns auf eine Nadel auf, dann hält man uns ins Wasser, bis uns ein Fisch auffrisst. Und wir sind es, die den Fisch anlocken.'
‚Aber warum?'
‚Der Fisch frisst uns, der Mensch frisst den Fisch. So ist das, mein Junge.'
Der Junge drehte sich zu dem Wurm mit der freundlichen Stimme um. Er traute seinen Augen nicht.
‚Großvater!', rief er donnernd. Wahrhaftig. Er hatte ihn gefunden.
‚Großvater, Großvater!' Er konnte sein Glück kaum fassen. Alle Schmerzen und alle Angst waren mit einem Mal verflogen. Jetzt würde alles gut werden. Als er Großvater umarmen wollte, wies dieser ihn zurück und zeigte nur stumm auf seinen Bauch. Dort fehlten alle Borsten und die Haut war runzlig aufgeworfen und vertrocknet. Ungefähr in der Mitte hatte er eine dicke Beule, vielleicht eine Narbe, die von einer schweren Verletzung herrühren musste und ihn sicher beim Schlängeln sehr behinderte. Er hustete und krümmte sich vor Schmerzen.
‚Was hast du, Großvater, bist du krank?'
‚Ich bin nun schon so lange hier drin. Die Luft ist schlecht und ständig trampelt jemand auf dir herum oder gibt dir einen Stoß in die Seite.'

‚Gibt es hier denn kein ruhiges Eckchen für dich?‘ Und dann rief er verzweifelt. ‚Opa ist krank, kann ihm denn niemand helfen?‘

Doch das Geschlängel und Gewusel ging unvermindert weiter, ohne dass jemand Notiz von ihm nahm.

‚Bald werde ich der Nächste sein, mein Junge. Meine Zeit ist gekommen.‘

‚Woher willst du das wissen?‘

‚Sieh dich doch um. Ich bin schon so lange hier drin, und jedes Mal, wenn ein Wurm ausgewählt wurde, hatte ich Glück. Wenn man überhaupt von Glück sprechen kann, noch länger hier drin sein zu müssen.‘

‚Ich hole dich hier raus!‘, rief der Junge übermütig. ‚Oder meinst du, ich kann mich zu Hause ohne dich sehen lassen?‘

‚Ach ja.‘ Großvaters Stimme wurde leiser und, er war nicht sicher, aber er glaubte, auf seinen Wangen einen leisen, traurigen Schimmer gesehen zu haben.

‚Wie geht es denn deiner Mutter?‘, wollte Großvater wissen.

‚Sie vermisst dich. Wir alle vermissen dich. Ich habe den Weg auf mich genommen, um dich zu suchen. Und niemand hat wirklich geglaubt, dass ich dich finden werde. Wenn ich ehrlich bin, ich auch nicht!‘

Schweigend sahen sie sich an.

Plötzlich wurde es hell. Und in weniger als einem Augenblick gab der Boden unter ihnen nach. Alles um sie herum und unter ihnen wimmelte und wuselte, kroch und schlängelte sich nach unten, als ob sich in der Tiefe eine Möglichkeit zur Flucht aufgetan hätte. Der Junge bekam

Stöße von allen Seiten, die ihn schmerzlich an seinen langen Weg hierher erinnerten.
‚Großvater!', rief er so laut er konnte. ‚Großvater, wo bist du?'
Plötzlich warf sich ein riesiger Schatten über sie. Panisch versuchte jeder, sich unter einem anderen Wurm zu verstecken. Es wurde gedrückt und geschoben. Manche versuchten, sich einfach nur nach unten zwischen anderen hindurch zu wühlen, als wollten sie einen neuen Gang in den lockeren Boden graben. Einige stärkere Würmer trieben die schwachen Würmer mit Schlägen und Tritten nach oben, und wieder andere wickelten sich fest um einen anderen Wurm, als glaubten sie, gemeinsam zu schwer zu sein, als dass ein Mensch sie aus der Dose ziehen könnte. Der Junge indes umklammerte fest seine Karte, die er vom Hausmeister bekommen hatte.

~ Typisch! ~

‚Wie einfältig Würmer doch sind', dachte er.
Da wurde er fest am Hinterteil gepackt und in die Höhe gehoben. Ihm wurde schwindelig. Er versuchte sich dem Griff durch Glitschen und Schlängeln zu entziehen, doch vergeblich. Es half alles nichts. Als er einen riesigen Angelhaken auf sich zukommen sah, wurde ihm klar, dass es keinen Ausweg gab. Er wurde ohnmächtig.
Als er wieder zu sich kam, rang er krampfhaft nach Luft. Doch seine Lungen füllten sich mit dem Wasser, in das er getaucht worden war. Ein stechender Schmerz im Bauch hatte ihn wohl gerade noch rechtzeitig aus seiner

Ohnmacht geweckt. Panisch versuchte er, an die Wasseroberfläche zu gelangen. Er stemmte sich mit aller Kraft gegen den Haken, merkte aber schnell, dass er sich so nicht befreien konnte. Schnell überlegte er sich eine andere Strategie: In wellenförmigen Bewegungen ringelte er sich wie eine Schlange am Haken entlang in Richtung Angelschnur nach oben. Sein Bauch tat höllisch weh, aber viel schlimmer war sein übermäßiger Hustenreiz, wenn er nach Luft schnappte und sich seine Lungen abermals mit Wasser füllten. Aber dann hatte er es doch irgendwie geschafft, mit seinem Kopf die Wasseroberfläche zu erreichen. Mit lautem Prusten spuckte er das eingeatmete Wasser wieder aus und aah, blähte seine Lungen mit tiefen Zügen voller Luft. Frei war er aber immer noch nicht. Er schaute hinunter ins Wasser und begriff, dass er sich nur dann befreien konnte, wenn er sich nicht in Richtung Angelschnur, sondern stattdessen durch die Biegung in Richtung der Hakenspitze bewegen würde. Widerhaken! Unmöglich, drüber zu kommen!

Er holte tief Luft, tauchte mit dem Kopf unter und begann, sich diesmal durch die Biegung hindurch Richtung Hakenspitze zu schlängeln. Als er die Spitze fast erreicht hatte, wurde die Angelschnur mit einem Ruck aus dem Wasser gerissen und durch die Luft geschleudert. Der Junge erkannte sofort, dass dies seine Chance zur Flucht war. Er raffte alle seine übrigen Kräfte zusammen und schwang seinen Körper über die mit Widerhaken besetzte Hakenspitze. Sein Bauch tat höllisch weh. Aber der Schmerz war schnell vergessen, als die gespannte Angelschnur wieder nach vorne schoss und ihn ins nahe gelegene hohe Gras schleuderte. Hinter ihm surrte und brummte es wie in einem Bienenstock, und er hörte panische Schreie, die der Mensch ausgestoßen haben musste. In wilder Hast schlängelte er sich zwischen den Grashalmen davon. Er machte erst Rast, als er unter einem kleinen Laubhaufen Schutz fand. Dort blieb er regungslos liegen. Alles tat ihm weh, aus einer riesigen Wunde am Bauch trat Blut aus. Um den Blutverlust zu stoppen, drückte er mit allerletzter Kraft die Karte, die er die ganze Zeit umklammert hatte, in die Wunde. Mit Mühe hatte er das nasse Papier zu einem festen Klumpen geformt, der halbwegs in die klaffende Öffnung in seinem Bauch passte. Dann schlief er vor Erschöpfung ein. Als er erwachte, war es bereits dunkel geworden. Die Sterne funkelten durch das hohe Gras. Er versuchte, sich zu bewegen, aber jeder Teil seines Körpers schmerzte. Der Kartenklumpen auf seinem Bauch war hart geworden und kullerte bei der ersten Bewegung auf die Erde. Immerhin. Die riesige Wunde blutete nicht mehr.

Als die bleischwere Erschöpfung langsam verflog und sein Kopf wieder klare Gedanken fassen konnte, musste er feststellen, dass seine Situation sich nur unwesentlich verbessert hatte. Andererseits hatte er außerordentliches Glück gehabt, denn das Schicksal, als Fischfutter zu enden, war ihm erspart geblieben. Das hatte vermutlich niemand vor ihm geschafft. Doch es war nicht nur das Glück. Er hatte auch die Kraft und den Mut besessen, sich selbst vom Angelhaken zu befreien. Diese Kraft hatte er, das wurde ihm erst sehr viel später bewusst, weil er seine Energie für die Flucht gespart und nicht in einem sinnlosen Kampf um die untersten Plätze in der Köderdose vergeudet hatte. Aber nun musste er zurück und Hilfe holen, und das so schnell wie möglich, wenn Großvater noch gerettet werden sollte. Aber wohin sollte er sich wenden? Er hatte keine Ahnung, wo er war. Er konnte es nochmal mit der Karte versuchen. Aber die war inzwischen sicherlich nicht mehr lesbar. Aber es war seine einzige Chance. Er nahm also den krustigen Klumpen und faltete ihn vorsichtig auseinander. Lage für Lage breitete er das verschmierte Papier vor sich aus und versuchte, darauf etwas abzulesen. Und tatsächlich, undeutlich zwar, aber erkennbar, lag vor ihm das vertraute Muster aus Linien, Quadraten und Dreiecken, das ihn nach Hause leiten sollte. Aber wie, das wusste er immer noch nicht. Ach, wenn Großvater doch hier wäre. Er wüsste sicher, was zu tun wäre. So aber wird er wohl bald als Köder im Bauch eines Fisches landen. Immerhin hatte der Junge ja seine … Der Schreck fuhr ihm in alle Enden. Hastig sah er sich um. Die Brumme war weg. Er hatte also auf seiner Reise nicht nur die Hoffnung verloren, dass Großvater wieder heimkehren würde, sondern auch das letzte Andenken an ihn. Er weinte bitterlich. Als einziges blieb ihm die vergebliche Hoffnung, dass sie Großvater nun vielleicht helfen könnte, sich aus seiner verzweifelten Lage zu befreien.

Mutlos beschloss er, sein Versteck zu verlassen und den Heimweg anzutreten. Sollte doch dieses Ungeheuer über ihn herfallen. Oder die Sonne ihn austrocknen. Aber wie ihr wohl richtig vermutet, ist beides nicht eingetroffen. Irgendwie, er wusste es selbst nicht mehr, hat er wieder zurückgefunden. Als seine Eltern ihn schließlich am

Eingang ihres Wohnganges fanden, in dem er vor Erschöpfung liegen geblieben war, fing seine Mutter an zu weinen. Sein Vater aber schimpfte auf ihn ein. Was er ihm vorwarf, konnte er aber nicht mehr hören."

Als der Lehrer aufblickte, sah er in acht angespannte, ratlose Gesichter. Ulrich reckte seinen Hals und sah den Lehrer fragend an.

„Diese Menschen sind schwer zu verstehen. Für sie ist *oben* unten. Aber wie kann *oben* unten sein, wenn über *oben* gar nichts ist?"

Der Lehrer nickte ihm zu und lächelte.

„Auch der Angler hatte keine Ahnung, ob er seinen Köder mit dem Kopf nach oben oder nach unten auf seinen Haken gespießt hatte." Der Lehrer neigte seinen Kopf in Richtung seines Körperendes.

„Er kann nicht erkennen, wo bei uns vorne oder hinten ist, Mr. U. Wurm", stelzte er. Ulrichs Miene hellte sich auf.

Als die anderen Schüler wissen wollten, wie die Würmer ihrem Schicksal entgehen könnten und warum ausgerechnet Würmer ein so düsteres Leben führen müssten, entgegnete er:

„Warum? Ihr wollt wissen, warum? Wisst ihr das denn noch immer nicht?"

Er drehte er sich um und vermied es dabei, mit seinem Bauch den Boden zu berühren. Dann hustete er und kroch wortlos mit schmerzverzerrtem Gesicht davon.

~~~~~~

Noch nicht müde? Dann lies doch mal
Die Ordnung der Welt
von Ulrich Menzel
oder weiter im nächsten Kapitel.

~~~~~~

~ *Epilog* ~

Farfallo

Es war ein sonniger Frühlingstag. Die ersten wärmenden Sonnenstrahlen des Jahres weckten die wintermüden Tiere aus ihrem langen Dämmerschlaf und die Pflanzen streckten vorsichtig ihre zarten Knospen unter der Rinde hervor. Ein leichter Frühlingswind rauschte durch die braunen, vertrockneten Blätter, die der vergangene Herbst als letzte Boten der dunklen Jahreszeit hinterlassen hatte. Auf den Gipfeln der Berge leckte die Sonne die letzten weißen Flecken weg und ließ das zuvor zugedeckte Grün ins Licht streben. Es schien sich wie auf ein unsichtbares Kommando hin alles zu bewegen, sich zu verändern. Gerade so, als ob sich jedes Lebewesen die beste Position für ein großes Rennen sichern wollte.
Wenige Wochen später hatte sich die Landschaft in ein Meer aus blühenden Sträuchern und Bäumen verwandelt, garniert von zarten sattgrünen Blättern und Stängeln. Der Tisch für all die Tiere war gedeckt. So auch für eine kleine grüne Raupe, die vor ein paar Tagen aus einem unscheinbaren Ei geschlüpft war, das auf der Unterseite eines der vielen Blätter geklebt hatte. Auf ihrem Rücken trug sie eine Zeichnung aus feinen, sich verzweigenden bräunlich-grünen Linien, fast wie die Adern eines Blattes, die der Frühlingswind noch vereinzelt vor sich hertrieb. Dadurch war sie für die vielen hungrigen Vögel fast unsichtbar, solange sie sich auf einem solchen Blatt

aufhielt. Und das selbst dann noch, wenn sie nach einigen Wochen ununterbrochenen Fressens fast zehnmal so groß war wie jetzt. Wagte sie sich jedoch herunter, so konnte ihr kurzes Leben schnell vorbei sein und sie endete als zappelnder Leckerbissen, den Vogeleltern nur zu gerne ihrem frisch geschlüpften Nachwuchs als Kraftfutter im Nest servieren.

„Da drüben gibt es saftiges Möhrenkraut. Hmm. Und mein Magen knurrt schon wieder“, dachte die Raupe. Tja, der Magen der Raupe knurrte eigentlich ständig. Und das, obwohl sie fast ununterbrochen fraß. Jeden Tag, wenn die Raupe sich im Spiegel betrachtete, hatte sie ein paar Speckröllchen zugelegt.

„Ich könnte vielleicht eine kleine Diät vertragen. Dann kann ich mir den Weg da rüber sparen. Ich bleibe einfach hier sitzen und schaue den weißen Wolken am Himmel zu“, dachte die Raupe bei sich. Und so rollte sie sich gemütlich zusammen und schaute in den Himmel. Dort zogen rauchende Vulkane, feuerspeiende Drachen oder riesige, mit Eiern schwer beladene Osterhasen vor blauem Hintergrund vorbei.

Doch nach einer Weile wurde es der Raupe langweilig, den stummen Gesellen auf ihrer gleichförmigen Reise über das alles überspannende Blau zuzusehen. Sie wollte vielmehr, tja, was eigentlich? Ihr Blick fiel auf das im Frühlingswind hin und her wiegende, junge Grün. Als ließe der Wind die zarten Triebe wie Marionetten in einem Theater einen mittelalterlichen Tanz aufführen: Erst verneigten sich die Ästchen, dann schlangen sie einen Zweig umeinander und drehten sich schließlich im Kreis. Am liebsten würde sie … am liebsten würde sie jetzt eigentlich … am liebsten würde sie jetzt eigentlich fressen. Nicht nur, weil ihr Magen sie ständig daran erinnerte, sondern weil es ihr einfach am meisten Spaß machte. Das Wasser lief ihr im Mund zusammen, während sie die tanzenden grünen Stängelchen beobachtete.

Die Raupe rollte sich auseinander, aber schon schienen die lauernden Vögel zu zwitschern: „Geh nur, kleine Raupe, geh, dann finden wir dich!“ Gleichzeitig winkten die grünen Halme sie mit verlockenden Gesten zu sich her. Ihr Anblick war so betörend, dass sie alle Vorsicht fahren ließ und ihren sicheren Unterschlupf verließ. Wie berauscht marschierte sie über die feuchte, dunkle Erde, die nur von kurzem, frischem Grün bedeckt war, dem Möhrenfeld entgegen. Der Weg erschien ihr lang und beschwerlich. Doch das saftige Möhrchengrün zog sie weiter magisch an. Da bemerkten die Vögel die kleine Raupe. Einer von Ihnen stürzte herab und landete neben ihr.

„Du wirst mich doch wohl nicht fressen wollen, an so einem schönen Tag?“, sagte die Raupe.

„Warum sollte ich nicht?“, fragte der Vogel.

„Sag mir, was wäre denn ein Sommertag ohne Schmetterlinge?“, erwiderte die Raupe.

„Was hast du Wurm denn mit den Schmetterlingen zu schaffen?“

„Ich schmecke genauso scheußlich wie ein Schmetterling.“

„Wenn das alles ist, dann frage ich dich: Was wäre ein schöner Sommertag ohne unseren Gesang?“

„Was hat denn euer Gesang mit den Schmetterlingen zu tun?“
„Genauso viel wie du mit einem Schmetterling“, blaffte der Vogel sie an.
Während ihrer Unterhaltung hatte sich die Raupe unbehelligt unter einen Stängel Möhrengrün verkriechen können. Entweder hatte das der Vogel nicht bemerkt, oder es war ihm gleichgültig.
„Hast du etwa Hunger, kleine Raupe?“, stichelte der Vogel.
„Hab ich nicht“, log die Raupe aus ihrem Versteck.
„Friss nur, kleine Raupe. Das Möhrengrün riecht gut, nicht wahr?“
Das tat es wirklich, und der Hunger der kleinen Raupe war riesengroß. Wenn sie jetzt aber das eigene Blätterversteck fressen würde, könnte sie der Vogel leicht entdecken und es wäre aus mit ihr.
„Vielleicht nur ein oder zwei kleine Blättchen, es sind ja noch genug da, hinter denen ich mich verstecken kann“, dachte die Raupe.
Und wie von Sinnen biss sie zu. Ein, zwei, drei Blätter. Schließlich den ganzen Stängel. „Mjam, mjam“, schmatzte die Raupe. Dann der nächste Stängel. Ohne zu kauen, riss sie gierig immer größere Stücke ab und verschlang sie unzerkaut. Bis sie schließlich ihr ganzes Versteck vollständig aufgefressen hatte.
Der Vogel hatte währenddessen in aller Seelenruhe abgewartet und sah sie nun mit fragendem Blick an.
„Warum tust du das?“
„Ich habe großen Hunger“, antwortete die Raupe.
„Ich auch“, sagte der Vogel.

„Dann friss Schmetterlinge, die sind nahrhafter als ich!“
„Aber die schmecken mindestens so scheußlich wie du“, grinste der Vogel.
„Hast du etwa schon einmal einen Schmetterling gefressen? Schäm’ dich!“, platzte es aus der Raupe heraus.
„Also jetzt reicht es mir aber, was soll ich denn dann fressen?“ Der Vogel beugte erbost den Kopf ganz dicht zur Raupe hinunter.
„Singen ist sehr anstrengend. Wenn alle wollen, dass ich singe, muss ich etwas zu fressen haben.“
Das verstand die Raupe wohl.
„Dann lass das Singen sein.“
„Ein Sommer ohne Vogelgesang? Unmöglich! Aber wie steht’s mit dir? Welchen Beitrag leistest du denn? Du singst nicht, und ein schöner Schmetterling bist du auch nicht. Wenn ich dich fresse, kann ich besser singen. Das wäre dann dein Beitrag zu einem gelungenen Sommer. Also?“
„Stell dir vor, du würdest mich fressen, dann würde niemand das Möhrengrün fressen. Dann aber würden die Möhren wuchern und den schönen Blumen das Licht wegnehmen, die wiederum den Schmetterlingen Nektar bieten. Dann gäbe es einen Sommer ohne Blumen UND ohne Schmetterlinge. Willst du das?“ Die Raupe sah den Vogel herausfordernd an.
„Willst du das?“, wiederholte die Raupe.
„Pah, wenn ich dich fresse, verderbe ich mir bestimmt den Magen. Du schmeckst sicher scheußlicher als ein Schmetterling.“ Und mit verärgertem Gezwitscher flog der Vogel davon.

Die Raupe war unendlich erleichtert.

Da die Raupe das ganze Jahr über kaum etwas anderes getan hatte als zu fressen und auszuruhen, war sie, es war mittlerweile Spätsommer, sehr fett geworden. Ihre Musterung schützte sie trotz ihrer Größe halbwegs vor gefräßigen Vögeln. Sie war so fett, dass ihr jede Bewegung schwerfiel. Also beschloss sie, ein wenig zu schlafen. Als der Wind jedoch drohte, sie von den Blättern zu pusten, spann sie sich an dem Blattstängel, auf dem sie saß, mit ein paar Schnüren fest. Dann schlief sie ein. Sie schlief so tief und fest, dass sie den ganzen Herbst und Winter verschlief. Erst im Frühjahr erwachte sie wieder. Doch jetzt war etwas anders. Als sie versuchte aufzustehen, wurde sie von irgendetwas festgehalten. So sehr sich die Raupe auch wand, es war kein Fortkommen. Als sie versuchte, sich mit ihren Saugfüßchen am hinteren Teil ihres Körpers am Untergrund festzusaugen und mit dem Oberkörper nach oben aufzurichten, stellte sie mit Schrecken fest, dass sie gar keine Saugfüßchen mehr hatte. Stattdessen blähte sich bei all der Anstrengung ihr Hinterleib auf und mit einem leisen Knistern löste sich die Umklammerung, die sie festhielt. Die Raupe fühlte sich wie eine wiedererweckte Mumie, die sich von den sie umschlingenden Bändern zu lösen versuchte. Als sie sich nach mühsamem Winden und Strecken schließlich ganz von ihrer Hülle befreit hatte, hielt sie zunächst eine Weile inne, um sich zu sammeln. Schließlich überkam sie ein riesiger Durst. Durst auf etwas Süßes. Süß musste das Getränk sein und duften wie Honig. Doch beim Versuch loszulaufen, purzelte sie über

ihre eigenen … was war das? Ihre Beine waren viel länger als sonst.
„Wie soll ich denn damit laufen?“, ärgerte sich die Raupe. Und als sie vor Wut mit ihren Saugfüßen auf den Boden stampfen wollte, umflatterten sie zwei riesige Segel. Segel, die aussahen wie die Flügel eines …, eines Vogels vielleicht.
„Oder wie die Flügel eines Schmetterlings?“, dachte die Raupe.
„Na ja, wenn das so ist.“ Sie schlug zur Übung zwei, drei mal mit den Flügeln und erhob sich schließlich mit hektischem Geflatter in die Luft. Was für ein herrliches Gefühl. Der warme Frühlingswind umwehte ihre langen, empfindlichen Fühler, die wie Antennen unerklärliche Signale empfingen. Sie schienen die Raupe in die Richtung leiten zu wollen, aus der der Wind kam. Nach einem kurzen Flug erspähte die Raupe eine große Blumenwiese. Aus den hunderten Blüten strömte betörend süßer Duft, der die Raupe in Verzückung versetzte. Sie landete und stürzte sich auf ein paar Blütenblätter. Aber sie musste feststellen, dass sie nicht in der Lage war, auch nur ein klitzekleines Stückchen von ihnen abzubeißen. Die Raupe war entsetzt: Statt Kauwerkzeuge hing eine lange Röhre von ihrem Kinn herab, die am Ende wie eine Schnecke aufgerollt war. Es dauerte eine ganze Weile bis die Raupe begriff, wie man einen Saugrüssel ausrollt und dass sich damit der süße Blütennektar wie mit einem Strohhalm trinken lässt. Doch die Schwierigkeiten waren nach ein paar Blüten schnell überwunden und bald flatterte die Raupe geschickt von Blume zu Blume.

Doch ihr vergnügtes Flattern wurde jäh von einem spitzen „Chrii Chrii“ unterbrochen. Die Raupe blieb vor Schreck wie gelähmt auf einer Blüte sitzen.
„Na Farfallo, du hast wohl gar keine Angst vor mir?“, blickte sie ein Vogel mit finsterem Blick an.
„Sprichst du mit mir?“, erwiderte die Raupe.
„Mit wem sonst? Oder siehst du hier vielleicht noch jemand, der so ungeschickt mit seiner Flatterei die Aufmerksamkeit auf sich lenkt?“
„Ich etwa?“, wunderte sich die Raupe.
„Ja du! Ich weiß nicht, ob du dumm oder mutig bist. Aber beides wird dir nicht helfen, wenn ich dich erst an meine Kinder verfüttert habe. Du bist ein fetter Brocken und wirst ihnen sicher gut schmecken!“ Der Vogel beugte sich herab, um die Raupe zu packen, da schrie die Raupe so laut sie nur konnte.
„Halt! Du wirst es bereuen! Ich schmecke scheußlich! Oder glaubst du etwa, du bist der erste Vogel, der mich entdeckt? Was glaubst du, warum mich bisher keiner gefressen hat? Eingebildet bist du, und dumm!“
„Frech wird er auch noch! Na warte!“ Der Vogel plusterte sich vor der Raupe auf.
„Also gut, ich verrate dir, wo du etwas Leckeres zu fressen für deinen Nachwuchs bekommst“, versuchte die Raupe ihr Leben zu retten. „Hier in der Blumenwiese tummeln sich unzählige Schmetterlinge. Die schmecken wirklich lecker, viel besser als Raupen!“ Der Vogel schaute zunächst etwas verdutzt. Doch dann packte er die Raupe bei den Flügeln und trug sie zu seinem Nest.
Die Raupe hatte fürchterliche Angst. Bei dem schnellen Flug drohten ihre Flügel abzubrechen. Außerdem roch

der Vogel fürchterlich streng aus dem Mund, so dass sie fast ein bisschen erleichtert war, als sie das Nest erreicht hatten. Sie wurden von den Jungvögeln mit knallroten, riesigen, weit aufgerissenen Schnäbeln begrüßt, aus denen es noch viel fürchterlicher roch als bei dem alten Vogel. Doch als der Vogel die Raupe den Jungen zum Fressen anbot, wendeten diese ihre kleinen Köpfe angewidert ab, als ob sie sagen wollten: „Iiiih, eine Raupe, wir wollen keine ekligen Raupen.“
Da ließ der Vogel die Raupe entnervt fallen.

~